JN129848

DETECTIVE
DOG
KOSUKE

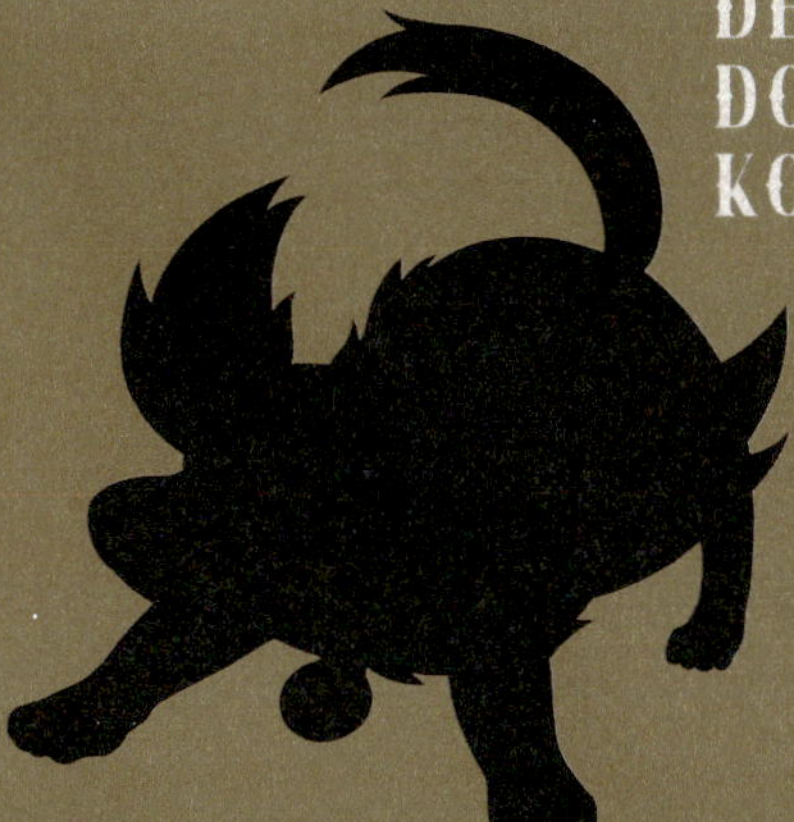

ナゾノベル

名《めい》探《たん》偵《てい》犬《けん》コースケ

怪《かい》盗《とう》スカルの正《しょう》体《たい》

2

著 太田忠司
絵 NOEYEBROW

朝日新聞出版

名《めい》探《たん》偵《てい》犬《けん》コースケ

もくじ

登《とう》場《じょう》人《じん》物《ぶつ》紹《しょう》介《かい》

桜《さくら》山《やま》凱《かい》斗《と》

中学《ちゅうがく》一年生《ねんせい》。運動《うんどう》も勉強《べんきょう》も普通《ふつう》だが、
父親譲《ちちおやゆず》りの探偵《たんてい》の才能《さいのう》あり？
母《はは》で桜山探偵事務所所長《さくらやまたんていじむしょしょちょう》の
紫緒《しお》の仕事《しごと》を手伝《てつだ》う。

怪《かい》盗《とう》スカル

伏城市《ふしぎし》に五年《ねん》ぶりに現《あらわ》れた、
年齢《ねんれい》、性別《せいべつ》すべてが不明《ふめい》の
謎《なぞ》の怪盗《かいとう》。

コースケ

三歳《さい》のダックスフント。桜山家《さくらやまけ》の飼《か》い犬《いぬ》。
凱斗《かいと》とともに怪事件《かいじけん》に挑《いど》む。

桜《さくら》山《やま》紫《し》緒《お》

凱斗《かいと》の母《はは》。

坂《さか》元《もと》悠《ゆう》太《た》

凱斗《かいと》の親友《しんゆう》。

吉《よし》村《むら》陸《りく》

凱斗《かいと》のクラスメート。

滝《たき》川《がわ》怜《れ》奈《な》

凱斗《かいと》のクラスメート。

前《ぜん》回《かい》のあらすじ 僕《ぼく》は桜山凱斗《さくらやまかいと》。僕《ぼく》の町《まち》に現《あらわ》れた謎《なぞ》の怪盗《かいとう》スカルを相棒《あいぼう》のコースケと追《お》いかけているんだ。でもコースケには、僕《ぼく》しか知《し》らない秘密《ひみつ》があって……。

プロローグ　不思議《ふしぎ》な動物園《どうぶつえん》の小《ちい》さな謎解《なぞと》き

僕《ぼく》が住《す》んでいる伏城市《ふしぎし》には「伏城総合公園《ふしぎそうごうこうえん》」という施設《しせつ》がある。公園《こうえん》と動物園《どうぶつえん》と植物園《しょくぶつえん》と博物館《はくぶつかん》と遊園地《ゆうえんち》がひとつになった楽《たの》しいところで、僕《ぼく》も小《ちい》さい頃《ころ》から何回《なんかい》も通《かよ》っている。とても広《ひろ》くて一日《いちにち》で全部《ぜんぶ》は回《まわ》れないから、今日《きょう》は動物園《どうぶつえん》を観《み》る日《ひ》、今日《きょう》は遊園地《ゆうえんち》で遊《あそ》ぶ日《ひ》と決《き》めて家族《かぞく》で出《で》かけることにしていた。

といってもそれは小学生《しょうがくせい》の頃《ころ》の話《はなし》。さすがに中学《ちゅうがく》になると親《おや》と一緒《いっしょ》に公園《こうえん》に行《い》くのは、ちょっと恥《は》ずかしい。なのにその日《ひ》、僕《ぼく》が母《かあ》さんと動物園《どうぶつえん》に出《で》かけたのは、どうしても見《み》たいものがあったからだ。

入《い》り口《ぐち》でもらった案内図《あんないず》によると、それは動物園《どうぶつえん》の中央《ちゅうおう》に立《た》っていた。金色《きんいろ》の柱《はしら》に金属《きんぞく》の板《いた》がいくつも吊《つ》り下《さ》げられて、ゆらゆら揺《ゆ》れている。こういうのをモビールって言《い》うんだよね。柱《はしら》には「伏城総合公園創立三十周年記念《ふしぎそうごうこうえんそうりつしゅうねんきねん》」という文字《もじ》が刻印《こくいん》されている。その言葉《ことば》のとおり、公園《こうえん》ができて三十周年《しゅうねん》のお祝《いわ》いに作《つく》られたモニュメントなんだ。

昨日《きのう》テレビニュースで、このモニュメントのお披露目式《ひろめしき》のことが放送《ほうそう》されていた。それまでずっと布《ぬの》をかぶせて秘密《ひみつ》にしていたのを、園長《えんちょう》さんの手《て》で一気《いっき》に布《ぬの》をはずして、その姿《すがた》をはじめて見《み》せた。風《かぜ》に揺《ゆ》れた金属板《きんぞくばん》がきらきらと光《ひか》って、とてもきれいだった。僕《ぼく》はその様子《ようす》を見《み》て、自分《じぶん》の目《め》で見《み》てみたいと思《おも》ったんだ。本当《ほんとう》はひとりで行《い》くつもりだったんだけど、母《かあ》さんが、

「わたしも見《み》に行《い》きたい。一緒《いっしょ》に行《い》きましょうよ」

と言《い》い出《だ》して、結局《けっきょく》ふたりで行《い》くことになってしまった。

この公園《こうえん》の特徴《とくちょう》のひとつが「どこでもペット同伴《どうはん》ＯＫ」ということだ。犬《いぬ》や猫《ねこ》を連《つ》れて入《はい》ることができるんだよ。だから母《かあ》さんがクララの、そして僕《ぼく》がコースケのリードを持《も》って動物園《どうぶつえん》に入《はい》った。

入《はい》ってすぐのところでペットフードのメーカーが試供品《しきょうひん》を配《くば》っていた。クララとコースケが食《た》べているプレミアムワンワンの新製品《しんせいひん》だ。一緒《いっしょ》にアンケートも募《つの》っていたので、母《かあ》さんがそれに答《こた》えていた。

「抽選《ちゅうせん》で豪華賞品《ごうかしょうひん》プレゼントだって。当《あ》たるといいわね」

母《かあ》さんはニコニコしている。

お目当《めあ》てのモニュメントは思《おも》ったより大《おお》きかった。金属《きんぞく》の板《いた》は周囲《しゅうい》の景色《けしき》を映《うつ》していて、風《かぜ》に揺《ゆ》らされるたびにその景色《けしき》も変《か》わった。

伏城総合公園創立三十周年記念

「凱斗《かいと》がこういうものを見《み》たがるとは思《おも》わなかったわ」

母《かあ》さんが言《い》う。うん、僕《ぼく》もこういうのが好《す》きだなんて自分《じぶん》でも知《し》らなかったよ。だけどモニュメント全体《ぜんたい》の形《かたち》も金属板《きんぞくばん》に映《うつ》る景色《けしき》も、どれもすごく好《この》みなんだ。

充分《じゅうぶん》にモニュメントを見《み》て満足《まんぞく》した後《あと》、僕《ぼく》は子供《こども》の頃《ころ》から動物園《どうぶつえん》で一番好《いちばんす》きだった場所《ばしょ》に行《い》くことにした。その場所《ばしょ》とは、案内図《あんないず》によると動物園《どうぶつえん》の東側《ひがしがわ》に位置《いち》している、ゾウ舎《しゃ》だった。

僕《ぼく》は動物《どうぶつ》の中《なか》でも特《とく》にゾウが好《す》きなんだ。だから動物園《どうぶつえん》に行《い》ったら最初《さいしょ》にゾウのところに向《む》かっていた。この動物園《どうぶつえん》にいる三頭《とう》のゾウのことも、よく知《し》っていた。

でもその日《ひ》、いつもゾウがいるはずの囲《かこ》いには一頭《とう》もいなかった。

「あれ？　どうしたんだろ？」

不思議《ふしぎ》に思《おも》って柵《さく》の前《まえ》まで行《い》ってみると、ゾウの説明《せつめい》が書《か》かれたプレートに一枚《まい》の紙《かみ》が貼《は》られていた。そこには、こんなことが書《か》かれていた。


【都合《つごう》により、当分《とうぶん》の間《あいだ》、ゾウの展示《てんじ》をお休《やす》みします】

「えー？　ゾウ、見《み》られないの？」

僕《ぼく》はがっかりしてしまった。

「どういうことかしらね？」

母《かあ》さんも首《くび》をひねった。

そこへ動物園《どうぶつえん》の職員《しょくいん》さんらしいひとがひとりやってきた。母《かあ》さんはすぐにそのひとにきいた。

「ゾウはどうしたんですか。病気《びょうき》ですか」

すると職員《しょくいん》さんは困《こま》ったような顔《かお》をして、

「いや、病気《びょうき》ではないんですが……」

と言葉《ことば》をにごした。

「病気《びょうき》でないなら、どうして外《そと》に出《だ》せないんですか。何《なに》か困《こま》ったことでもあるんですか」

職員《しょくいん》さんのあいまいな態度《たいど》が気《き》になったのか、母《かあ》さんは急《きゅう》に探偵《たんてい》モードになってしまった。ときどき、こういうことがあるんだよなあ。職業病《しょくぎょうびょう》ってやつだろうか。

「あ、もしかして、誰《だれ》かに脅《おど》されているとかですか。『ゾウを外《そと》に出《だ》すな』とかなんとか脅迫状《きょうはくじょう》が来《き》てるんじゃないんですか」

「いやいや、そういうことではなくてですね……」

職員《しょくいん》さんはさらに困《こま》った顔《かお》になる。

「隠《かく》さないでください。わたし、じつは探偵《たんてい》をしています。もしも困《こま》ったことがあるなら、お助《たす》けしますけど」

こういうときでも探偵《たんてい》の仕事《しごと》に結《むす》びつけようとする母《かあ》さんは、ある意味《いみ》すごい。どこの誰《だれ》がどうしてゾウを外《そと》に出《だ》さないように脅迫《きょうはく》する必要《ひつよう》があるのか、よくわからないけど。

職員《しょくいん》さんは母《かあ》さんの勢《いきお》いにおされて困《こま》っているみたいだったけど、とうとうこんなことを言《い》った。

「いやね、じつは昨日《きのう》からゾウが外《そと》に出《で》たがらなくなってしまったんですよ」

「出《で》たがらない？　どうしてですか」

「それがわからないんです。いつもどおり開園前《かいえんまえ》にゾウたちをゾウ舎《しゃ》から外《そと》に連《つ》れ出《だ》そうとしたんですが、なぜか出口《でぐち》のところで立《た》ち止《ど》まってしまって、そこから先《さき》に行《い》こうとしないんです。無理《むり》に出《だ》そうとすると暴《あば》れるし、結局寝室《けっきょくしんしつ》に戻《もど》すしかなかったんです」

「なぜ出《で》たがらないんでしょうね？」

「わかりません。私《わたし》たち飼育員《しいくいん》も困《こま》っているんですよ」

困《こま》っている、という言葉《ことば》を聞《き》いて、母《かあ》さんの目《め》がキラリと光《ひか》った。

「そういうことなら桜山探偵事務所《さくらやまたんていじむしょ》にお任《まか》せください。どんな謎《なぞ》も解《と》き明《あ》かしてみせますから」

「ちょっとちょっと」

僕《ぼく》はがまんできずに母《かあ》さんのそでを引《ひ》っ張《ぱ》って、耳《みみ》もとでささやいた。

「そんなこと言《い》っていいの？　本当《ほんとう》に謎《なぞ》が解《と》けるの？」

母《かあ》さんも小声《こごえ》で言《い》った。

「やってみなきゃわからないわよ。でも、ここで桜山探偵事務所《さくらやまたんていじむしょ》の実力《じつりょく》を見《み》せられれば、きっと評判《ひょうばん》が広《ひろ》まってお客《きゃく》さんがいっぱい来《く》るわ。これはチャンスよ」

チャンスって言《い》ったって、成功《せいこう》しなきゃ逆効果《ぎゃくこうか》だと思《おも》うけどなあ。ずっとゾウに接《せっ》している飼育員《しいくいん》さんたちでもわからないことが、母《かあ》さんにわかるかどうか、すごく不安《ふあん》なんだけど。

僕《ぼく》の心配《しんぱい》をよそに、母《かあ》さんは飼育員《しいくいん》さんと話《はなし》をして特別《とくべつ》にゾウ舎《しゃ》の中《なか》を見《み》せてもらうことにした。

ゾウたちは寝室《しんしつ》と呼《よ》ばれている部屋《へや》に一頭《とう》ずつ入《はい》っていた。みんなおとなしくしている。

「ゾウたちにおかしなところは？　病気《びょうき》とか怪我《けが》はありませんか」

「すこぶる健康《けんこう》ですよ。エサもいつもどおり食《た》べてます」

次《つぎ》に寝室《しんしつ》から外《そと》に出《で》る通路《つうろ》を見《み》せてもらった。

「いつもここから外《そと》に出《で》るんです。でも出口《でぐち》のところでゾウたちが立《た》ち止《ど》まってしまうんですよ」

ちょうどゾウが動《うご》かなくなった場所《ばしょ》で、僕《ぼく》たちも立《た》ち止《ど》まってみた。位置的《いちてき》に言《い》えば出口《でぐち》は西側《にしがわ》、動物園《どうぶつえん》の中央《ちゅうおう》を向《む》いている。でもその方向《ほうこう》には木《き》の植《う》え込《こ》みがあって、視界《しかい》はあまりよくない。

「おかしなところはないかしら。変《へん》なものが見《み》えるとか、いやな臭《にお》いがするとか……」

ぶつぶつ言《い》いながら、母《かあ》さんはまわりを一生懸命《いっしょうけんめい》調《しら》べていた。でも特《とく》に変《へん》なところはないみたいだ。

「おかしいわねえ……どうしてゾウはここから先《さき》に進《すす》まないのかしら？」

だんだん母《かあ》さんの表情《ひょうじょう》が暗《くら》くなってきた。手《て》がかりが見《み》つからないみたいだ。

「何《なに》かわかりましたか」

飼育員《しいくいん》さんがきいても、

「あ、まだ、ちょっと……もう少《すこ》し待《ま》ってくださいね」

なんて言《い》い訳《わけ》しながら、なんとなく困《こま》っているみたいだった。

ほーら、だから言《い》ったんだよ。本当《ほんとう》に謎《なぞ》が解《と》けなかったらどうするつもりなんだろう。恥《はじ》をかくし、探偵事務所《たんていじむしょ》の評判《ひょうばん》だって悪《わる》くなる。

困《こま》っている母《かあ》さんを見《み》ると、なんとかしてあげたくなるんだけど、僕《ぼく》にだってそんなこと、わかるわけない。あーあ、困《こま》ったなあ。

——ゾウの気持《きも》ちになって考《かんが》えるんだよ。ゾウが何《なに》を嫌《きら》ったか。

不意《ふい》に頭《あたま》の中《なか》に声《こえ》が響《ひび》いてきた。

僕《ぼく》は思《おも》わずコースケを見《み》た。コースケも僕《ぼく》を見《み》ている。

——ゾウなら何《なに》が見《み》えたと思《おも》う？

「どういうこと？」

思《おも》わずコースケに聞《き》き返《かえ》した。すると、

「え？　何《なに》か言《い》った？」

母《かあ》さんが僕《ぼく》に聞《き》き返《かえ》してきた。

「あ、何《なん》でもない。ひとりごと」

僕《ぼく》はあわてて言《い》いつくろう。僕《ぼく》以外《いがい》にはコースケの声《こえ》が聞《き》こえないんだから、しかたない。

でも「ゾウなら？」って、どういう意味《いみ》だろう？

僕《ぼく》はゾウ舎《しゃ》の出口《でぐち》に立《た》ってみた。ここでゾウは立《た》ち止《ど》まって、出《で》ようとしなくなった。ということは……。

「……凱斗《かいと》、どうしたの？」

ぼんやり考《かんが》えている僕《ぼく》を見《み》て変《へん》に思《おも》ったのだろう。母《かあ》さんが声《こえ》をかけてきた。

その瞬間《しゅんかん》、僕《ぼく》にはわかった。「ゾウなら」の意味《いみ》がわかったんだ。

僕《ぼく》は飼育員《しいくいん》さんにきいた。

「ゾウの目《め》の高《たか》さって、どれくらいですか」

「ゾウの目《め》？　そうですね……だいたい二メートルくらいだと思《おも》うけど」

「じゃあ、僕《ぼく》をその高《たか》さにしてください」

「どうしてそんなことするの？」

母《かあ》さんが僕《ぼく》にきいた。

「だからさ、ゾウと同《おな》じ高《たか》さでここから見《み》えるものを調《しら》べてみたいんだよ」

飼育員《しいくいん》さんは大《おお》きな脚立《きゃたつ》を持《も》ってきてくれた。ちょっと怖《こわ》かったけど、僕《ぼく》はそのはしごに上《のぼ》って、まわりをながめてみた。

「なるほど、高《たか》さが変《か》わると見《み》えるものって全然《ぜんぜん》違《ちが》っちゃうんだね。これが大事《だいじ》なことなんだ」

「どういうこと？」

母《かあ》さんが訊《き》いてきた。

「ゾウが見《み》たのと同《おな》じ景色《けしき》を見《み》なきゃいけないってことだよ」

「なるほどね。それで、何《なに》かわかった？」

「うーん……よくわからない」

何《なに》かゾウを怖《こわ》がらせるものがあるはずだと思《おも》ったんだけどなあ。

がっかりしながらはしごを下《お》りようとした。

——よく見《み》るんだ。

また、声《こえ》がした。

——人間《にんげん》ではなく、ゾウの目《め》の高《たか》さでなら見《み》えるものがないか。

言《い》われて、気《き》がついた。

はしごを下《お》りていくと、ゾウ舎《しゃ》の前《まえ》の植《う》え込《こ》みに邪魔《じゃま》されて見《み》えなくなるものがあった。

「もしかして……！」

僕《ぼく》ははしごを下《お》りると、大急《おおいそ》ぎでゾウ舎《しゃ》を飛《と》び出《だ》した。

「ちょっと凱斗《かいと》！　どこ行《い》くのよ⁉」

母《かあ》さんがびっくりしてついてくる。飼育員《しいくいん》さんも一緒《いっしょ》だ。

僕《ぼく》はふたりにかまわず走《はし》った。そして目当《めあ》てのものの前《まえ》に到着《とうちゃく》した。

「これか……」

僕《ぼく》はつぶやいた。

「このモニュメントが、どうかしたんですか」

飼育員《しいくいん》さんが尋《たず》ねてきた。

そう、僕《ぼく》が見《み》つけたのは、ゾウ舎《しゃ》の前《まえ》に見《み》ていた伏城総合公園創立《ふしぎそうごうこうえんそうりつ》三十周年記念《しゅうねんきねん》モニュメントだった。

「これ、昨日《きのう》からお披露目《ひろめ》されてるんですよね？」

「ああ、そうですけど、それが何《なに》か？　まさか、このモニュメントとゾウが出《で》なくなったことに関係《かんけい》があるとでも？」

「たぶん、そうなんじゃないかと思《おも》います」

僕《ぼく》は言《い》った。

「今《いま》からゾウを外《そと》に出《だ》してみてもらえませんか。きっと今《いま》なら、いやがらずに出《で》てくると思《おも》います」

僕《ぼく》の言葉《ことば》を聞《き》いて飼育員《しいくいん》さんは半信半疑《はんしんはんぎ》って顔《かお》をしてたけど、一応確《いちおうたし》かめるためにゾウを移動《いどう》させてくれることになった。

そして、僕《ぼく》の言《い》っていることが正《ただ》しいと証明《しょうめい》されたんだ。

「なんと！　ゾウたちが外《そと》に出《で》てくるぞ！」

三頭《とう》のゾウは怖《こわ》がる様子《ようす》もなく外《そと》に出《で》て、楽《たの》しそうに散歩《さんぽ》をはじめた。

「いったい、どういうこと？」

母《かあ》さんはびっくりしている。

「どういうことなのか説明《せつめい》してくれませんか」

と、飼育員《しいくいん》さんにも言《い》われた。僕《ぼく》は言《い》った。

「ゾウたちを怖《こわ》がらせてたのは、あのモニュメントですよ。あれがきらきら光《ひか》るのがまぶしすぎて、ゾウは外《そと》に出《で》るのをいやがったんです」

「本当《ほんとう》かい？」

飼育員《しいくいん》さんは自分《じぶん》で確《たし》かめるために、はしごを上《のぼ》ってみた。

「ああ、たしかにゾウの目《め》の高《たか》さなら、あのモニュメントが見《み》えるな。しかし全然《ぜんぜん》、光《ひか》ってなんかいないぞ」

「それは太陽《たいよう》の位置《いち》が違《ちが》うからですよ。モニュメントは動物園《どうぶつえん》の真《ま》ん中《なか》にあって、ゾウ舎《しゃ》は東側《ひがしがわ》にある。そしてゾウ出入《でい》り口《ぐち》は西側《にしがわ》、つまり真《ま》ん中《なか》に向《む》いている。飼育員《しいくいん》さんがゾウを外《そと》に出《だ》そうとした時間《じかん》には、ちょうどモニュメントに当《あ》たった太陽《たいよう》の光《ひかり》がゾウの目《め》に飛《と》び込《こ》んでくるような位置関係《いちかんけい》だったんです」

「なるほど、そういうことか。たしかにゾウって体《からだ》は大《おお》きいけど用心深《ようじんぶか》い動物《どうぶつ》だから、いつもと違《ちが》うことがあると逃《に》げたりするんだよ。しかし、よく気《き》がついたね」

飼育員《しいくいん》さんが感心《かんしん》したように言《い》うと、

「そりゃあ、うちの子《こ》、探偵《たんてい》の素質《そしつ》がありますもの」

母《かあ》さんが自慢《じまん》げに言《い》った。

僕《ぼく》はコースケを見《み》て笑《わら》った。コースケも僕《ぼく》を見《み》て、ぺろりと舌《した》を出《だ》した。

第《だい》一話《わ》

父《とう》さんの秘《ひ》密《みつ》

1 僕《ぼく》と母《かあ》さんとコースケのこと

カレル・チャペックってひと、知《し》ってる？　一八九〇年《ねん》にヨーロッパのチェコという国《くに》に生《う》まれた作家《さっか》だ。人間《にんげん》みたいに動《うご》く機械《きかい》のことをロボットって言《い》うけど、この「ロボット」という言葉《ことば》を最初《さいしょ》に考《かんが》えたのがチャペックなんだ。彼《かれ》が考《かんが》えつくまで世《よ》の中《なか》に「ロボット」って言葉《ことば》はなかったんだって。そう考《かんが》えると、すごいひとだよね。

母《かあ》さんがそのカレル・チャペックの本《ほん》をたくさん持《も》っている。ファンなんだ。だから僕《ぼく》も何冊《なんさつ》か読《よ》んだことがある。チャペックは犬《いぬ》が大好《だいす》きで、ダーシェンカって名前《なまえ》のフォックス・テリアを飼《か》っていた。チャペックがどれだけダーシェンカのことを好《す》きだったかというと、ダーシェンカのために書《か》いたお話《はなし》をまとめた、その名《な》も『ダーシェンカ』という本《ほん》があるくらいだ。

そのカレル・チャペックは犬《いぬ》について、こんなことを書《か》いている。

「もし犬《いぬ》が話《はな》すことができたとしたら、私《わたし》たちが犬《いぬ》と仲良《なかよ》くするのは人間《にんげん》と仲良《なかよ》くするのと同《おな》じくらい難《むずか》しいことだろう」

この言葉《ことば》について、前《まえ》に母《かあ》さんが言《い》ってた。

「もしも犬《いぬ》が人間《にんげん》の言葉《ことば》をしゃべったら、人間《にんげん》と犬《いぬ》は人間同士《にんげんどうし》と同《おな》じように言葉《ことば》でやりとりして、そのせいで誤解《ごかい》したり喧嘩《けんか》したりするかもしれないわね。犬《いぬ》とは言葉《ことば》が通《つう》じないからこそ、仲良《なかよ》くできてるの。言葉《ことば》って便利《べんり》だけど、そういう問題《もんだい》もあるのよ」

そうなのかなあ。

ちょっと前《まえ》にコースケにきいてみたことがある。

「犬《いぬ》と会話《かいわ》できたりすると、逆《ぎゃく》に仲良《なかよ》くなれないのかなあ」

すると隣《となり》で寝《ね》ていたコースケはちょっと顔《かお》を上《あ》げて、言《い》った。

——どうだろうね。俺《おれ》にはわからんよ。

「コースケだって犬《いぬ》じゃん」

と言《い》い返《かえ》したら、

——そりゃ犬《いぬ》だけど、俺《おれ》は犬《いぬ》の気持《きも》ちがわからないからさ。

と、言《い》われてしまった。そうか、コースケには犬《いぬ》の気持《きも》ちはわからないんだ。

だってコースケは、父《とう》さんなんだから。

最初《さいしょ》からややこしいことを言《い》っちゃったね。

ちゃんと説明《せつめい》しよう。まずは僕《ぼく》のことから。

僕《ぼく》の名前《なまえ》は桜山凱斗《さくらやまかいと》。伏城市立時告中学《ふしぎしりつときつげちゅうがく》の一年生《ねんせい》だ。好《す》きな食《た》べ物《もの》は母《かあ》さんが作《つく》ってくれる料理《りょうり》なら何《なん》でも。でもピーマンとセロリがちょっと苦手《にがて》。母《かあ》さんは料理《りょうり》に使《つか》わないようにしてくれている。

母《かあ》さんの名前《なまえ》は桜山紫緒《さくらやましお》。四十三歳《さい》。好《す》きな食《た》べ物《もの》は納豆《なっとう》と炊《た》きたての白《しろ》いご飯《はん》。前《まえ》に「体《からだ》にいいから」と雑穀米《ざっこくまい》というのを買《か》ってきたことがあったんだけど、食《た》べてるうちに「やっぱり白《しろ》いご飯《はん》のほうがいいわ」って言《い》って二度《にど》と食卓《しょくたく》に出《で》てこなかった。僕《ぼく》は雑穀米《ざっこくまい》そんなに嫌《きら》いじゃなかったけどね。

母《かあ》さんの仕事《しごと》は探偵《たんてい》。桜山探偵事務所《さくらやまたんていじむしょ》の所長《しょちょう》をしている。他《ほか》に所員《しょいん》はいないことになっているけど、本当《ほんとう》はもうひとりと一匹《ぴき》いる。それがつまり僕《ぼく》とコースケなんだ。

コースケはオスのミニチュアダックスフントだ。

ダックスフントというのはもともと穴《あな》にすむアナグマを狩《か》るために脚《あし》が短《みじか》くなるよう品種《ひんしゅ》改良《かいりょう》された猟犬《りょうけん》らしい。ダックスフントという名前《なまえ》もドイツ語《ご》の「アナグマ犬《いぬ》」って意味《いみ》なんだって。で、イタチやウサギみたいな小《ちい》さい動物《どうぶつ》を狩《か》るためにダックスフントを小型《こがた》にしたのがミニチュアダックスフント。「ミニチュア」というのは「小型《こがた》」って意味《いみ》なんだ。

だから本来《ほんらい》ミニチュアダックスフントは狩《か》りをする勇敢《ゆうかん》な犬《いぬ》なんだよ。そういう意味《いみ》では探偵《たんてい》の手伝《てつだ》いをするのにうってつけなのかもしれない。

だけどコースケが探偵《たんてい》の仕事《しごと》を手伝《てつだ》うのは、それだけが理由《りゆう》じゃない。もっと深《ふか》い秘密《ひみつ》があるんだ。僕《ぼく》とコースケしか知《し》らない秘密《ひみつ》がね。

僕《ぼく》の父《とう》さんは桜山耕助《さくらやまこうすけ》という名前《なまえ》の探偵《たんてい》だった。そもそも桜山探偵事務所《さくらやまたんていじむしょ》は父《とう》さんが所長《しょちょう》をしていたんだ。

でも三年前《ねんまえ》、父《とう》さんは重《おも》い病気《びょうき》にかかって死《し》んでしまった。それから母《かあ》さんは探偵事務所《たんていじむしょ》を引《ひ》き継《つ》いで働《はたら》いている。すごくがんばっていると思《おも》う。ときどき夜遅《よるおそ》くまで仕事《しごと》をしている母《かあ》さんを見《み》てると、父《とう》さんが死《し》んでしまったことが本当《ほんとう》に悲《かな》しくなる。父《とう》さんが病気《びょうき》なんかにならないで今《いま》でも一緒《いっしょ》にいられたらって思《おも》うんだ。

でも、もう父《とう》さんはいない。二度《にど》と話《はなし》をすることもできない。そう思《おも》ってた。ついこの前《まえ》、コースケに話《はな》しかけられるまではね。

最初《さいしょ》は自分《じぶん》の頭《あたま》がおかしくなったんじゃないかって思《おも》った。だって犬《いぬ》が話《はな》すわけないもの。頭《あたま》の中《なか》に直接話《ちょくせつはな》しかけてくるんだよ。しかも自分《じぶん》は父《とう》さんなんだって言《い》うんだからね。そりゃ自分《じぶん》がまともかどうか疑《うたが》っちゃうよね。正直《しょうじき》、そのときはパニックになった。でも、なんとか冷静《れいせい》になってコースケの言《い》うことを聞《き》いてみたんだ。

コースケの話《はなし》は、こんな感《かん》じ。

三年前《ねんまえ》のあの日《ひ》、父《とう》さんは病気《びょうき》のせいで死《し》んでしまった。だけどすぐに自分《じぶん》が体《からだ》から離《はな》れて宙《ちゅう》に浮《う》いてるのを感《かん》じたんだって。こういう現象《げんしょう》を「幽体離脱《ゆうたいりだつ》」って言《い》うらしい。この前《まえ》、本《ほん》で調《しら》べてみたんだ。

で、自分《じぶん》の体《からだ》から離《はな》れた父《とう》さんは空《そら》を飛《と》んで、クララが預《あず》けられていた獣医院《じゅういいん》にやってきた。クララっていうのは、うちで飼《か》っているもう一匹《ぴき》のミニチュアダックスフントで、ちょうど子犬《こいぬ》を産《う》むところだった。クララは三匹《びき》の子犬《こいぬ》を産《う》んだんだけど、そのうちの一匹《ぴき》は生《う》まれたとき息《いき》をしていなかった。獣医《じゅうい》さんが手《て》を尽《つ》くしてくれたんだけど、その子《こ》は何《なん》の反《はん》応《のう》も示《しめ》さなかった。獣医《じゅうい》さんが蘇生《そせい》をあきらめてどこかに行《い》った後《あと》、父《とう》さんはその子犬《こいぬ》の顔《かお》を見《み》たくて近付《ちかづ》いてみた。そしたらものすごく強《つよ》い力《ちから》に引《ひ》っ張《ぱ》られて、気《き》が付《つ》いたら子犬《こいぬ》の中《なか》に入《はい》り込《こ》んでいたんだって。そのかわりに子犬《こいぬ》は息《いき》を吹《ふ》き返《かえ》した。父《とう》さんは子犬《こいぬ》として生《う》まれ変《か》わったんだ。

その子犬《こいぬ》が後《のち》に「コースケ」という名前《なまえ》を付《つ》けられて我《わ》が家《や》で暮《く》らすことになったわけ。

不思議《ふしぎ》な話《はなし》でしょ？　なんか信《しん》じられないと思《おも》うでしょ？　うん、僕自身《ぼくじしん》、今《いま》でも信《しん》じられない。だけど、目《め》の前《まえ》にいるコースケが父《とう》さんの声《こえ》でしゃべりかけてくるのは、まぎれもない現実《げんじつ》のことなんだ。

今《いま》のところ、コースケの声《こえ》を聞《き》くことができるのは僕《ぼく》しかいない。母《かあ》さんにも聞《き》こえていない。コースケは父《とう》さんなんだよって母《かあ》さんに教《おし》えたいけど、コースケの声《こえ》を聞《き》けない母《かあ》さんには信《しん》じてもらえそうにないし、そんなことを言《い》ったら僕《ぼく》の頭《あたま》がおかしくなったんじゃないかって思《おも》われるからってコースケに言《い》われて、黙《だま》っていることにした。だからこのことは、僕《ぼく》とコースケだけの秘密《ひみつ》なんだ。

2　怪盗《かいとう》スカルについて

僕《ぼく》の家《いえ》の一階《かい》に桜山探偵事務所《さくらやまたんていじむしょ》の応接室《おうせつしつ》がある。母《かあ》さんはそこで依頼人《いらいにん》から話《はなし》を聞《き》く。二階《かい》には僕《ぼく》と母《かあ》さんの部屋《へや》がある。この家《いえ》ができたとき僕《ぼく》はまだ赤《あか》ちゃんで、父《とう》さんと母《かあ》さんが将来僕《しょうらいぼく》の個室《こしつ》として使《つか》えるように、この部屋《へや》を用意《ようい》してくれたんだ。でもふたりとも僕《ぼく》が大《おお》きくなったときのことをあんまり想像《そうぞう》できていなかったらしくて、壁紙《かべがみ》を恐竜《きょうりゅう》の柄《がら》にしちゃったんだよね。それもリアルなのじゃなくて、ぬいぐるみみたいなかわいい恐《きょう》竜《りゅう》の絵柄《えがら》。そのせいか僕《ぼく》は恐竜《きょうりゅう》が好《す》きになったんだけど、さすがにこの壁紙《かべがみ》は恥《は》ずかしく思《おも》うようになってきた。小学校《しょうがっこう》の頃《ころ》から仲《なか》のいい悠太《ゆうた》は、この部屋《へや》に来《く》るたび「この壁紙《かべがみ》かっこいいなあ。うらやましいなあ」って言《い》ってくれてたけど、最近《さいきん》は言《い》わなくなった。子《こ》供《ども》っぽいって思《おも》われているのかもしれない。

それはともかく。そんな僕《ぼく》の部屋《へや》には今《いま》、僕《ぼく》とコースケがいる。コースケは僕《ぼく》のベッドにのって、ちょこんと座《すわ》っていた。僕《ぼく》はその隣《となり》に腰《こし》かけている。

「どういうことなの？」

僕《ぼく》はコースケにきいた。返事《へんじ》をするかわりにコースケは大《おお》きく口《くち》を開《あ》けてあくびをした。

「もう、真面目《まじめ》に話《はなし》を聞《き》いてよ」

僕《ぼく》が少《すこ》し怒《おこ》って言《い》うと、

——ちゃんと聞《き》いてるよ。

僕《ぼく》の頭《あたま》の中《なか》でコースケの声《こえ》がした。

——あくびは許《ゆる》してくれよ。犬《いぬ》ってよく眠《ねむ》くなるんだ。

それって犬《いぬ》だからだろうか。人間《にんげん》だったときも父《とう》さんって、よくあくびしてたと思《おも》うけど。

——それで、何《なに》をききたいんだって？

コースケが言《い》った。

「怪盗《かいとう》スカルのことだよ」

僕《ぼく》は答《こた》えた。

前《まえ》に僕《ぼく》が調《しら》べた怪盗《かいとう》スカルについての情報《じょうほう》は、次《つぎ》のようなものだ。

年齢《ねんれい》も性別《せいべつ》も身長《しんちょう》も体重《たいじゅう》も何《なに》もかも不明《ふめい》。もちろん顔《かお》もわからない。わかっているのはスカルが宝石《ほうせき》や貴金属《ききんぞく》や美術品《びじゅつひん》を狙《ねら》う泥棒《どろぼう》で、盗《ぬす》んだ後《あと》にドクロのマークのカードを残《のこ》していくということだけだった。

怪盗《かいとう》スカルが最初《さいしょ》に世《よ》に現《あらわ》れたのは今《いま》から二十年前《ねんまえ》のことで、東京《とうきょう》の銀座《ぎんざ》にある大《おお》きな宝石店《ほうせきてん》の防犯《ぼうはん》カメラや警備《けいび》システムを壊《こわ》してから、その店《みせ》で一番高価《いちばんこうか》なダイヤのネックレスを盗《ぬす》んでいった。次《つぎ》が大阪《おおさか》のギャラリーから有名《ゆうめい》な画家《がか》の絵《え》を盗《ぬす》んだ。このときは展覧会《てんらんかい》のために絵《え》を移動《いどう》させる、ほんの少《すこ》しの時間《じかん》を利用《りよう》して偽物《にせもの》とすり替《か》えたらしい。どちらの犯《はん》

行《こう》でも予告《よこく》があって、例《れい》のドクロのカードを残《のこ》していったので、同《おな》じ犯人《はんにん》のしわざだとわかったみたいだ。

似《に》たような事件《じけん》がこの二十年《ねん》の間《あいだ》に九件《けん》起《お》きている。一番最近《いちばんさいきん》に起《お》きたのが今永《いまなが》さんの女神像《めがみぞう》を盗《ぬす》み出《だ》した事件《じけん》だけど、五年前《ねんまえ》にもこの伏城市《ふしぎし》のお金持《かねも》ちの家《いえ》から高価《こうか》な絵画《かいが》を盗《ぬす》み出《だ》している。その事件《じけん》も含《ふく》めて、これまでスカルは一度《いちど》も逮捕《たいほ》されていない。正体《しょうたい》もわからないままだった。

ネットではスカルの正体《しょうたい》について、いろんなひとがいろんなことを言《い》っている。男《おとこ》だとか女《おんな》だとか若《わか》いとか年寄《としよ》りだとか。いろんな説《せつ》があって、簡単《かんたん》に警備《けいび》システムを使《つか》えなくしてしまえるのは知識《ちしき》があるからで、きっと警備《けいび》の専門家《せんもんか》だろう、なんて言《い》ってるひとがいる。怪盗《かいとう》スカルはひとりではなく、国際的《こくさいてき》な犯罪組織《はんざいそしき》の名前《なまえ》なんだと言《い》ってるひともいる。

怪盗《かいとう》スカルが今永《いまなが》さんの女神像《めがみぞう》を盗《ぬす》み出《だ》した後《あと》、次《つぎ》は水坂《みずさか》さんの家《いえ》にあった同《おな》じような女神像《めがみぞう》を盗《ぬす》もうとした。それを母《かあ》さんと僕《ぼく》、それからコースケのふたりと一匹《ぴき》でなんとか防《ふせ》いだんだけど、残念《ざんねん》なことにスカルには逃《に》げられてしまったんだ。

でも逃《に》げる寸前《すんぜん》、変装《へんそう》していたスカルにコースケが飛《と》びついて化《ば》けの皮《かわ》をはいだ。そのとき、僕《ぼく》はあいつの顔《かお》をはっきりと見《み》たんだ。

まぎれもなくそれは、父《とう》さんの顔《かお》だった。


「ねえ、どういうことなの？　どうして父《とう》さんと同《おな》じ顔《かお》してるの？」

コースケは答《こた》えずに、後《うし》ろ脚《あし》で耳《みみ》を掻《か》いている。

「ねえってば！　とぼけないでちゃんと答《こた》えてよ」

僕《ぼく》は思《おも》わず大《おお》きな声《こえ》で言《い》ってしまった。

――とぼけてなんか、ないよ。

コースケは答《こた》える。

――ただ、どう説明《せつめい》したらいいのか考《かんが》えてたんだ。そうだな……やっぱり最初《さいしょ》から話《はな》したほうがいいか。

「最初《さいしょ》って？」

――そう、今《いま》から五年前《ねんまえ》のことだ。おまえはまだ八歳《さい》だったか。小学生《しょうがくせい》だな。父《とう》さんはまだ元気《げんき》で、探偵《たんてい》としてばりばり働《はたら》いていた。あれは春《はる》から夏《なつ》へと向《む》かう頃《ころ》だったかな。とても奇妙《きみょう》な体験《たいけん》をしたんだ……。

3　奇妙《きみょう》な言葉《ことば》と不思議《ふしぎ》な犯罪《はんざい》

……あの頃《ころ》、俺《おれ》は大《おお》きな依頼《いらい》をひとつ解決《かいけつ》して、ほっとしていたところだった。久《ひさ》しぶりの息抜《いきぬ》きに、ひとりで駅前《えきまえ》あたりをぶらぶら散歩《さんぽ》していたんだ。いい天気《てんき》でね。空《そら》にはかわいい形《かたち》の雲《くも》が浮《う》かんでいたっけ。

そろそろ正午《しょうご》になろうって時刻《じこく》だった。昼《ひる》ごはんは外《そと》で食《た》べるって母《かあ》さんには話《はな》してあったから、どこかの店《みせ》に入《はい》って食《た》べようと思《おも》っていた。

今《いま》でもそうだけど、駅前《えきまえ》はたくさんのひとがいた。休日《きゅうじつ》なのにみんな忙《いそが》しそうに早足《はやあし》で歩《ある》いていた。俺《おれ》も仕事《しごと》をしているときはあんなふうにせかせか歩《ある》いているんだろうけど、その日《ひ》はのんびりしていたかったから、ひとの多《おお》い大通《おおどお》りを避《さ》けて、細《ほそ》い路地《ろじ》に入《はい》っていった。その先《さき》に美味《うま》い定食屋《ていしょくや》があったからね。今日《きょう》はそこで食《た》べようと思《おも》っていたんだ。

車《くるま》一台《だい》がやっと通《とお》り抜《ぬ》けられるくらいの狭《せま》い路地《ろじ》だった。俺《おれ》はのんびりと歩《ある》いていた。そしたら向《む》こうから男《おとこ》がひとりやってきた。歩《ある》いていると汗《あせ》ばむくらいの陽気《ようき》なのに、その男《おとこ》は春物《はるもの》とはいえコートを着《き》て、つばのある帽子《ぼうし》を深《ふか》くかぶっていた。俺《おれ》は職業柄《しょくぎょうがら》、気《き》になった人間《にんげん》は顔《かお》や特徴《とくちょう》を覚《おぼ》えるように心《こころ》がけているんだけど、そいつはどうも自分《じぶん》の顔《かお》をあまり人《ひと》に見《み》られたくないと思《おも》っているようだった。顔《かお》を覚《おぼ》えられたくないのかもしれない。

そう思《おも》ったから俺《おれ》はよけいにそいつのことを注意《ちゅうい》しながら歩《ある》いていった。

すると相手《あいて》も俺《おれ》のことに気付《きづ》いたみたいだった。最初《さいしょ》は帽子《ぼうし》を手《て》でぐっと押《お》さえて顔《かお》をさらに隠《かく》そうとしていた。でも急《きゅう》に俺《おれ》のほうを見《み》て、ちょっとびっくりしたような顔《かお》になった。目《め》から上《うえ》はよくわからないけど、口《くち》がぽかんと開《ひら》いて、そんな表情《ひょうじょう》になったんだよ。

そして帽子《ぼうし》の男《おとこ》はいきなりすたすたと早足《はやあし》になって俺《おれ》に近付《ちかづ》いてきた。

なんだろう？　ちょっと怖《こわ》いなって思《おも》った。もしかしたら前《まえ》に悪事《あくじ》を暴《あば》いて警察《けいさつ》に突《つ》き出《だ》した悪《わる》い奴《やつ》が俺《おれ》に気付《きづ》いて仕返《しかえ》ししようとしているのかもって不安《ふあん》になった。でもそいつの顔《かお》、下半分《したはんぶん》しか見《み》えてないけど初対面《しょたいめん》なのは間違《まちが》いなかった。俺《おれ》はいつでも逃《に》げられるように身構《みがま》えながら、足《あし》を止《と》めた。

すると帽子《ぼうし》の男《おとこ》は俺《おれ》に近付《ちかづ》いてきて、耳元《みみもと》で言《い》ったんだ。

「カメは捕獲《ほかく》。信号《しんごう》は青《あお》。女王陛下《じょおうへいか》を迎《むか》え入《い》れてください」

俺《おれ》はびっくりして立《た》ち止《ど》まったままだった。あんまり驚《おどろ》いたものだから、そいつを追《お》いかけることもできなかった。気《き》が付《つ》くと男《おとこ》は姿《すがた》を消《け》していた。あわてて近《ちか》くを捜《さが》しまわったけど、もうどこにもいなかったんだ。

俺《おれ》は自分《じぶん》が聞《き》いた言葉《ことば》を頭《あたま》の中《なか》でくり返《かえ》した。聞《き》き間違《まちが》いなんかじゃなかった。たしかに男《おとこ》は言《い》ったんだ。「カメは捕獲《ほかく》。信号《しんごう》は青《あお》。女王陛下《じょおうへいか》を迎《むか》え入《い》れてください」ってな。

わけがわからなかった。俺《おれ》はそこに突《つ》っ立《た》ったまま、昼《ひる》ごはんを食《た》べるのも忘《わす》れて考《かんが》えた。帽子《ぼうし》の男《おとこ》が話《はな》した意味不明《いみふめい》な言葉《ことば》も謎《なぞ》だけど、どうしてそんなことを俺《おれ》に話《はな》したのかも謎《なぞ》だった。

頭《あたま》の中《なか》を?マークでいっぱいにしたまま、俺《おれ》は事務所《じむしょ》に帰《かえ》った。母《かあ》さんは事務仕事《じむしごと》をしていた。

俺《おれ》が変《へん》な男《おとこ》に言《い》われた変《へん》な言葉《ことば》のことを話《はな》すと、母《かあ》さんも首《くび》をひねった。

「なんだか不思議《ふしぎ》な話《はなし》ね。夢《ゆめ》の中《なか》で起《お》きたことみたい」

「夢《ゆめ》なんかじゃないよ。本当《ほんとう》にあったことなんだ」

「わかってる。でも、どういうことかしらね? カメを捕獲《ほかく》? 信号《しんごう》が青《あお》? 女王《じょおう》を迎《むか》え入《い》れる? 意味《いみ》がわからない。一緒《いっしょ》に考《かんが》えたいけど、そろそろ凱斗《かいと》が帰《かえ》ってくる時刻《じこく》なの。家《いえ》に帰《かえ》らないと」

「もうそんな時間《じかん》か。じゃあ俺《おれ》はまだ事務所《じむしょ》に残《のこ》って仕事《しごと》を片付《かたづ》けておくよ」

「わかった。じゃあね」

母《かあ》さんは事務所《じむしょ》を出《で》ていった。俺《おれ》はインスタントコーヒーを飲《の》みながら、母《かあ》さんがまとめた書類《しょるい》を見《み》ていた。でも頭《あたま》の中《なか》はずっと信号《しんごう》とかカメとか女王陛下《じょおうへいか》とかのことを考《かんが》えていた。さっぱりわからなかった。

その日《ひ》の夜《よる》、事務所《じむしょ》から帰《かえ》って母《かあ》さんやおまえと一緒《いっしょ》に夕飯《ゆうはん》を食《た》べた後《あと》で読書《どくしょ》をしていたときに電話《でんわ》が鳴《な》った。電話《でんわ》に出《で》た母《かあ》さんが俺《おれ》に言《い》った。

「仕事《しごと》の依頼《いらい》よ。田上《たがみ》さんって知《し》ってる？　田上亮平《たがみりょうへい》さん」

「雲雀町《ひばりちょう》に住《す》んでいる田上《たがみ》さんかな？　たしか『小桜亭《こざくらてい》』というレストランのオーナーシェフをしている。ほら、結婚記念日《けっこんきねんび》にディナーを食《た》べに行《い》ったよね。食事《しょくじ》の後《あと》で挨拶《あいさつ》をしたときに俺《おれ》が探偵《たんてい》だって知《し》って、珍《めずら》しそうにいろいろ話《はな》しかけてくれたっけ」

「そうそう。その田上《たがみ》さんみたい」

俺《おれ》は電話《でんわ》を代《か》わった。

「はい、桜山耕助《さくらやまこうすけ》です」

——ああ桜山《さくらやま》さん、以前《いぜん》にうちの店《みせ》にいらしたときに名刺《めいし》をいただいた田上《たがみ》です。こんな夜分《やぶん》にお宅《たく》にまで電話《でんわ》をかけてしまって申《もう》しわけありません。じつは大変《たいへん》なことが起《お》きましてね。至急《しきゅう》、我《わ》が家《や》に来《き》てくれませんか。

田上《たがみ》さんはとても深刻《しんこく》な声《こえ》で言《い》った。どうやら本当《ほんとう》に困《こま》っているらしい。

「わかりました。すぐに伺《うかが》います」

俺《おれ》はそう言《い》って電話《でんわ》を切《き》り、家《いえ》を出《で》た。

田上《たがみ》さんの邸宅《ていたく》は車《くるま》で十分《ぷん》くらいのところにあった。行《い》ってみると家《いえ》の周辺《しゅうへん》にパトカーが何台《なんだい》か停《と》まっていて妙《みょう》に騒《さわ》がしい。誰《だれ》が見《み》ても何《なに》かあったことは間違《まちが》いなかった。

「桜山《さくらやま》さん」

車《くるま》を降《お》りた俺《おれ》に声《こえ》をかけてきたのは田上《たがみ》さんではなく、顔見知《かおみし》りの刑事《けいじ》、新藤《しんどう》だった。彼《かれ》には凱斗《かいと》もこの前《まえ》、会《あ》ったよな。

「どうしたんですか」

新藤刑事《しんどうけいじ》にきかれたから、

「田上《たがみ》さんから至急来《しきゅうき》てほしいと電話《でんわ》があってね」

と、答《こた》えたら、新藤《しんどう》は困《こま》ったような顔《かお》になって、

「そうですかあ。田上《たがみ》さん、警察《けいさつ》が信用《しんよう》できなくなったってことかなあ。まいったなあ」

そう言《い》って頭《あたま》を抱《かか》えたんだ。

「おいおい、どうしたんだ？　一体何《いったいなに》があったのか話《はな》してくれないか」

そう頼《たの》んだら、

「わかりました。じゃあ田上《たがみ》さんのところに行《い》きましょう。そこで説明《せつめい》します」

新藤《しんどう》は俺《おれ》を邸宅《ていたく》に入《い》れてくれた。

田上《たがみ》さんは居間《いま》のソファに腰《こし》を下《お》ろして、やっぱり頭《あたま》を抱《かか》えて、

「ああ、なんてことだ。どうしてこんなことに……」

うわごとみたいに、つぶやいていた。

「田上《たがみ》さん、桜山《さくらやま》さんが来《き》ましたよ」

新藤《しんどう》が声《こえ》をかけると、やっと顔《かお》を上《あ》げて、

「ああ、桜山《さくらやま》さん！　お願《ねが》いだ。なんとかしてくれませんか」

俺《おれ》に向《む》かって拝《おが》むように言《い》った。レストランで会《あ》ったときは自信《じしん》に満《み》ちた顔《かお》をしていたけど、そのときはすっかり疲《つか》れ果《は》てているように見《み》えた。

「一体何《いったいなに》があったんですか。お助《たす》けするにも事情《じじょう》がわからないと、どうしようもありません。話《はな》していただけませんか」

俺《おれ》が落《お》ち着《つ》かせるように言《い》うと、

「そうですね。わかりました。最初《さいしょ》からお話《はな》しします。じつは一週間前《しゅうかんまえ》、私《わたし》のところに手《て》紙《がみ》が届《とど》いたんです。それがすべての始《はじ》まりでした」

「どんな手紙《てがみ》ですか」

俺《おれ》がたずねると、

「これです」

渡《わた》してくれたのは新藤《しんどう》だった。それは一枚《まい》の便箋《びんせん》だった。

〝六月《がつ》十八日《にち》の午後《ごご》八時《じ》に、貴殿《きでん》が所蔵《しょぞう》するカシニョールの絵《え》をちょうだいする。せいぜい気《き》をつけるように。怪盗《かいとう》スカル〟

書《か》かれていたのは、これだけだった。そして便箋《びんせん》の隅《すみ》にはドクロのイラストが描《えが》かれていた。

「怪盗《かいとう》スカル……聞《き》いたような気《き》がしますね。たしか、どこかの美術館《びじゅつかん》から有名《ゆうめい》な彫刻《ちょうこく》を盗《ぬす》み出《だ》したとか」

「それです、それです。その怪盗《かいとう》スカルです」

田上《たがみ》さんが大《おお》きくうなずいた。

「怪盗《かいとう》スカルは十五年《ねん》ほど前《まえ》に現《あらわ》れ、あちこちで美術品《びじゅつひん》や宝飾品《ほうしょくひん》を盗《ぬす》み出《だ》しているんですよ」

新藤刑事《しんどうけいじ》が説明《せつめい》を付《つ》け加《くわ》えてくれた。

「最初《さいしょ》に被害《ひがい》に遭《あ》ったのは東京《とうきょう》の銀座《ぎんざ》にある有名《ゆうめい》な宝石店《ほうせきてん》で、ダイヤのネックレスを盗《ぬす》んでいます。その後《あと》も大阪《おおさか》のギャラリーから絵画《かいが》を、名古屋《なごや》の資産家《しさんか》の屋敷《やしき》から純金《じゅんきん》の仏像《ぶつぞう》を盗《ぬす》み出《だ》しているんです。そして悔《くや》しいことに、まだ一度《いちど》も逮捕《たいほ》することができていないんです」

「その怪盗《かいとう》スカルが予告状《よこくじょう》を送《おく》ってきたわけですね。カシニョールというとたしかフランスの有名《ゆうめい》な画家《がか》でしたね。女性《じょせい》を描《えが》いた作品《さくひん》が多《おお》かったと記憶《きおく》していますが」

「ええ、そのカシニョールです。十年前《ねんまえ》に私《わたし》がオークションで落札《らくさつ》した大切《たいせつ》な絵《え》でした。これだけは誰《だれ》にも渡《わた》すまいと心《こころ》に誓《ちか》っていたのに……それを……」

田上《たがみ》さんは悔《くや》しそうに首《くび》を振《ふ》る。俺《おれ》はもう一度《いちど》、予告状《よこくじょう》を読《よ》み返《かえ》した。

「六月十八日《がつにち》の午後《ごご》八時《じ》というと今《いま》から二時間前《じかんまえ》ですね。カシニョールの絵《え》とやらは、もう盗《ぬす》まれてしまったのですか」

俺《おれ》がたずねると、新藤《しんどう》は悔《くや》しそうに、

「ええ……警察《けいさつ》が鉄壁《てっぺき》の警護《けいご》をしていたのに、犯行《はんこう》を防《ふせ》ぐことができませんでした」

「しかし一体《いったい》どうやって怪盗《かいとう》スカルは絵《え》を盗《ぬす》み出《だ》したんですか」

「それが……わからないんですよ。まるで手品《てじな》か魔法《まほう》でも見《み》せられたみたいでねえ」

新藤《しんどう》は途方《とほう》に暮《く》れたような顔《かお》をするばかりだった。これでは何《なに》もわからない。

「とにかく事情《じじょう》を詳《くわ》しく教《おし》えてください。俺《おれ》も考《かんが》えますから」

俺《おれ》がそうお願《ねが》いしたら、田上《たがみ》さんと新藤《しんどう》は顔《かお》を見合《みあ》わせて、

「ではまず、私《わたし》から話《はな》しましょうか」

と、田上《たがみ》さんから話《はな》しはじめてくれた。

「先程《さきほど》も言《い》いましたとおり、この予告状《よこくじょう》が届《とど》いたのが一週間前《しゅうかんまえ》の六月《がつ》十一日《にち》でした。最初《さいしょ》は誰《だれ》かのイタズラかと思《おも》いました。だって怪盗《かいとう》だのスカルだの、まるで漫画《まんが》に出《で》てくるような名前《なまえ》じゃないですか。しかし念《ねん》のために調《しら》べてみると、怪盗スカルという賊《ぞく》は本当《ほんとう》に存在《そんざい》していて、各地《かくち》で盗《ぬす》みを働《はたら》いているとわかりました。これは大変《たいへん》だと思《おも》い、警察《けいさつ》に通報《つうほう》したわけです。スカルが予告《よこく》していた六月《がつ》十八日《にち》、つまり今日《きょう》は私《わたし》にとっても大切《たいせつ》な日《ひ》でした。父《ちち》の命日《めいにち》なんですよ。私以上《わたしいじょう》に美術好《びじゅつず》きだった父《ちち》は、ときどき友人《ゆうじん》たちを招《まね》いては所蔵《しょぞう》している美術品《びじゅつひん》を見《み》せて楽《たの》しんでいました。父《ちち》が亡《な》くなった後《あと》も私《わたし》は、命日《めいにち》に父《ちち》の友人《ゆうじん》だった方々《かたがた》をお招《まね》きして美術品《びじゅつひん》を見《み》てもらうことにしていたのです。今年《ことし》も父《ちち》と同《おな》じく美術品《びじゅつひん》を

集《あつ》めていたひとや、美術品《びじゅつひん》の鑑定《かんてい》をするひと、そして父《ちち》が購入《こうにゅう》した絵画《かいが》を描《えが》いた画家《がか》の方《かた》など、総勢《そうぜい》五人《にん》を招待《しょうたい》していました」

「なるほど、田上《たがみ》さんにとって特別《とくべつ》な日《ひ》だったということは理解《りかい》できました。しかし怪盗《かいとう》スカルの予告《よこく》が来《き》て、その予定《よてい》は変更《へんこう》しなかったのですか」

「そんな悪人《あくにん》のために大事《だいじ》な行事《ぎょうじ》をやめることなど、考《かんが》えもしませんでしたよ。そのかわり、警察《けいさつ》の方々《かたがた》にも集《あつ》まっていただいて、厳重《げんじゅう》に警護《けいご》をしてもらった上《うえ》で行《おこな》いましたがね」

「ここから先《さき》は、現場《げんば》を見《み》てもらった上《うえ》で話《はなし》をしたほうがいいと思《おも》います」

新藤《しんどう》が言《い》った。

「そうだな。どんなことが起《お》きたのか現場《げんば》を見《み》ながら教《おし》えてもらおうか」

俺《おれ》は新藤《しんどう》と田上《たがみ》さんに案内《あんない》されて、邸宅内《ていたくない》にある田上家《たがみけ》のコレクション収蔵室《しゅうぞうしつ》に向《む》かった。そこは小《ちい》さな美術館《びじゅつかん》みたいな部屋《へや》で、壁《かべ》に何枚《なんまい》かの絵画《かいが》が掛《か》けられ、ブロンズの彫刻《ちょうこく》もいくつか展示《てんじ》されていた。普通《ふつう》の美術館《びじゅつかん》と違《ちが》うのは作品《さくひん》の名前《なまえ》や作者《さくしゃ》のことが説明《せつめい》されたパネルが付《つ》けられていないことだった。個人《こじん》が自分《じぶん》の所蔵《しょぞう》している美術品《びじゅつひん》を展示《てんじ》しているんだから、当然《とうぜん》かもしれない。でも正直《しょうじき》、俺《おれ》は美術《びじゅつ》についてはあまり詳《くわ》しくない。だから並《なら》んでいる作品《さくひん》がどういうもので、どれくらいの価値《かち》があるかなんて全然《ぜんぜん》わからなかっ

た。俺《おれ》が正直《しょうじき》にそう言《い》うと、

「こんな状況《じょうきょう》でなければ、一点《てん》一点《てん》説明《せつめい》してさしあげるんですがねえ」

田上《たがみ》さんは残念《ざんねん》そうに言《い》った。

その部屋《へや》の一番目立《いちばんめだ》つ壁《かべ》には、何《なに》も掛《か》けられていなかった。

「もしかして、ここに？」

俺《おれ》がたずねると、

「そうです。ここにカシニョールの絵《え》が掛《か》けてありました」

「それが盗《ぬす》まれたんですか」

「そうです」

悔《くや》しそうに答《こた》えたのは、新藤《しんどう》だった。

「あんなに厳重《げんじゅう》に警備《けいび》していたのに、どうして盗《ぬす》むことができたのか……」

「どういう警備《けいび》をしていたのか教《おし》えてほしいんだが」

「はい。まずこの収蔵室内《しゅうぞうしつない》に私《わたし》を含《ふく》めた三名《めい》の刑事《けいじ》を配備《はいび》し、常《つね》に監視《かんし》させていました。それから廊下《ろうか》に二名《めい》の警官《けいかん》がいて、室内《しつない》への出入《でい》りを監視《かんし》していました。そして邸宅《ていたく》の外《そと》にも二人《ふたり》の警官《けいかん》が巡回《じゅんかい》し、不審者《ふしんしゃ》が近付《ちかづ》かないかどうか確認《かくにん》していたのです」

「話《はなし》に聞《き》くかぎりでは『鉄壁《てっぺき》の警護《けいご》』というのも大袈裟《おおげさ》ではないようだね」

「私《わたし》たちもそう考《かんが》えていました。この態勢《たいせい》のまま予告《よこく》されていた午後《ごご》八時《じ》まで警護《けいご》を続《つづ》けていたんです」

「なのに絵画《かいが》は消《き》えてしまった？」

「正確《せいかく》には、消《き》えたのではありません。午後《ごご》八時《じ》になっても何事《なにごと》も起《お》きず、絵《え》も壁《かべ》に掛《か》けられたままだったんです。さすがの怪盗《かいとう》スカルも、この監視網《かんしもう》をくぐって盗《ぬす》み出《だ》すことはできなかったかと思《おも》いました」

「私《わたし》も、ほっとして気《き》が抜《ぬ》けたようになりました」

田上《たがみ》さんが話《はなし》を引《ひ》き継《つ》いだ。

「何《なに》はともあれ、盗難《とうなん》を防《ふせ》げたのはありがたい。そう刑事《けいじ》さんたちと話《はな》しているときに、お招《まね》きした父《ちち》の友人《ゆうじん》の方々《かたがた》がやってきたんです。その方々《かたがた》には怪盗《かいとう》スカルの予告《よこく》のことは話《はな》していませんでした。もしも絵《え》が盗《ぬす》まれていたら申《もう》しわけないが帰《かえ》っていただくつもりでしたが、何事《なにごと》もなかったので安心《あんしん》して収蔵室《しゅうぞうしつ》にお招《まね》きしました。皆《みな》さん、何《なに》も知《し》らずに室内《しつない》の展示品《てんじひん》をご覧《らん》になっていました。警察《けいさつ》の方々《かたがた》が室内《しつない》にいることで少《すこ》し不審《ふしん》そうな顔《かお》をしてましたがね。ところが、カシニョールの絵《え》の前《まえ》でひとり、難《むずか》しい顔《かお》をしている方《かた》がいらっしゃいました。とても高名《こうめい》な美術評論家《びじゅつひょうろんか》の方《かた》です。絵《え》に顔《かお》を近《ちか》づけたり遠《とお》くから見《み》なおしたりして、しきりに首《くび》をひねっているのです。

『どうかしましたか』

と、たずねると、その方《かた》は言《い》いにくそうに、

『いや、前《まえ》に見《み》せていただいたときと違《ちが》うような気《き》がしましてね』

と、おっしゃるんです。たしかに以前《いぜん》、この方《かた》にはここでこの絵《え》を見《み》ていただきました。

『何《なに》が違《ちが》うのでしょうか』

おそるおそるたずねてみると、その方《かた》は、

『田上《たがみ》さん、私《わたし》の芸術品《げいじゅつひん》に対《たい》する鑑賞眼《かんしょうがん》を信《しん》じていただけますか』

そうきき返《かえ》してきましたので、

『もちろんです。他《ほか》の誰《だれ》よりも先生《せんせい》の眼《め》を信《しん》じていますよ』

と、答《こた》えましたら、その方《かた》はいきなり額縁《がくぶち》を両手《りょうて》でつかんで絵《え》を持《も》ち上《あ》げたんです。そしてまじまじと絵《え》を見《み》つめて、言《い》いました。

『間違《まちが》いない。田上《たがみ》さん、この絵《え》はニセモノですよ。すり替《か》えられています』

私《わたし》はびっくりしてしまって、

『そんな馬鹿《ばか》な！　この絵《え》はずっとここに掛《か》けられたままだったのに、どうやってすり替《か》えるというんですか！』

大声《おおごえ》で怒鳴《どな》ってしまいました。でもその方《かた》は首《くび》を横《よこ》に振《ふ》ると、

『どうやってなのかは私《わたし》にはわかりません。わかるのはこれが本物《ほんもの》ではないということです』

そう言《い》って、体《からだ》の向《む》きを変《か》えました。見《み》ている私《わたし》たちに絵《え》の裏側《うらがわ》が見《み》えました。

『あっ⁉』

その瞬間《しゅんかん》、私《わたし》は声《こえ》をあげました。私《わたし》だけじゃない。その場《ば》にいた刑事《けいじ》さんたちも。そうですよね？」

「ええ」

苦《にが》い表情《ひょうじょう》で新藤刑事《しんどうけいじ》はうなずくと、俺《おれ》に一枚《まい》のカードを見《み》せた。

「絵《え》の裏側《うらがわ》に、これが貼《は》り付《つ》けられていたんです」

そのカードにはドクロの絵《え》が描《えが》かれていた。

「ドクロ……怪盗《かいとう》スカルか」

「そう。あいつが盗《ぬす》みを働《はたら》いた後《あと》、現場《げんば》に残《のこ》しておくカードです。怪盗《かいとう》スカルはまんまと絵《え》

を盗《ぬす》み出《だ》してしまったんですよ」

4　インターミッション（ちょっと休憩《きゅうけい》ってこと）

──凱斗《かいと》、おまえはどう思《おも》う？

急《きゅう》にコースケにきかれて僕《ぼく》は、

「え？　うーん……」

と、考《かんが》え込《こ》んだ。

「たしかに不思議《ふしぎ》だよね。刑事《けいじ》さんたちがずっと見張《みは》っていたのに、怪盗《かいとう》スカルはどうやって絵《え》を盗《ぬす》んだんだろう？」

一生懸命《いっしょうけんめい》、考《かんが》えてみる。でも、答《こた》えが出《で》なかった。

「……だめだ。降参《こうさん》。わかんないや」

──そうだろうな。まだ重要《じゅうよう》な手《て》がかりを話《はな》してないんだから。

「え？　そうなの？　だったら早《はや》く教《おし》えてよ」

僕《ぼく》が言《い》うと、コースケはまたちょろりと舌《した》を出《だ》した。

――わかった。じゃあ話《はな》してやるよ。怪盗《かいとう》スカルがどうやって絵《え》を手《て》に入《い》れたか。

5　本物《ほんもの》とニセモノ

途方《とほう》に暮《く》れている田上《たがみ》さんと、すっかり元気《げんき》をなくしている新藤刑事《しんどうけいじ》を前《まえ》にして、俺《おれ》は考《かんが》えた。

大勢《おおぜい》の刑事《けいじ》や警官《けいかん》に見守《みまも》られている絵《え》が、どうやってニセモノにすり替《か》えられてしまったのか。

いや、不可能《ふかのう》だ。これだけの監視《かんし》の目《め》を盗《ぬす》んですり替《か》えるなんて、絶対《ぜったい》にできない。だとしたら……。

俺《おれ》は田上《たがみ》さんにたずねてみた。

「田上《たがみ》さん、ここに掛《か》けられていた絵《え》は以前《いぜん》から本物《ほんもの》だったのでしょうか」

「どういうことでしょうか」

「予告《よこく》された日時《にちじ》より前《まえ》にニセモノに替《か》えられていたという可能性《かのうせい》はありませんか」

「そんなことは……いえ、絶対《ぜったい》にありません。私《わたし》は今朝《けさ》、お客様《きゃくさま》がいらっしゃる前《まえ》にこの収蔵室《しゅうぞうしつ》を掃除《そうじ》しました。この部屋《へや》の掃除《そうじ》は他《ほか》の誰《だれ》にも任《まか》せません。私《わたし》ひとりでします。そのときにカシニョールの絵《え》もほこりをはたいて裏側《うらがわ》もきれいにしました。こんないまわしいドクロのカードなんて、貼《は》り付《つ》いてはいませんでしたよ」

田上《たがみ》さんは、そう断言《だんげん》した。

「なるほどね……」

ひとつの可能性《かのうせい》は排除《はいじょ》された。ということは、考《かんが》えられるのは、ひとつだけだ。

「ところで、ニセモノの絵《え》はどこに行《い》ったんですか」

そうたずねると、新藤《しんどう》が答《こた》えた。

「それなら証拠品《しょうこひん》として伏城警察署《ふしぎけいさつしょ》に持《も》っていきました」

「誰《だれ》が？」

「部下《ぶか》の警官《けいかん》です」

「では、その警官《けいかん》を呼《よ》んできてくれませんか」

「それはまた、どうして？」

「話《はなし》を聞《き》きたいんですよ。それと警察署《けいさつしょ》に連絡《れんらく》して、ニセモノの絵《え》が本当《ほんとう》に届《とど》いているか確《かく》認《にん》してみてください」

「……わかりました」

新藤《しんどう》は納得《なっとく》していないような顔《かお》で、それでも俺《おれ》の言《い》うとおり部下《ぶか》に指示《しじ》した。

しばらくして戻《もど》ってきた部下《ぶか》が報告《ほうこく》する。

「新藤刑事《しんどうけいじ》、伏城署《ふしぎしょ》に絵《え》は届《とど》いていないそうです」

「なんだと？　どういうことだ？」

「わかりません。そういうものは来《き》ていないとだけ言《い》われました」

「そんな馬鹿《ばか》な……絵《え》を運《はこ》んだ警官《けいかん》は何《なん》と言《い》っている？」

「それが……見《み》つからないんです」

「見《み》つからない？　どういうことだ？」

「今日《きょう》ここに配備《はいび》された警官《けいかん》と刑事全員《けいじぜんいん》に確認《かくにん》しました。しかし絵《え》を運《はこ》ぶよう指示《しじ》された者《もの》はいませんでした」

「そんなことがあるものか！　私《わたし》はたしかに絵《え》を運《はこ》ぶように命令《めいれい》したぞ！」

新藤《しんどう》は顔《かお》を真《ま》っ赤《か》にして怒《おこ》る。俺《おれ》は彼《かれ》に言《い》った。

「命令《めいれい》した警官《けいかん》の顔《かお》、覚《おぼ》えているかな？」

「そりゃあ、もちろん……」

と、言《い》いかけて、新藤《しんどう》の表情《ひょうじょう》が変《か》わった。

「……いや、あのときはあわてていたから、はっきり顔《かお》を見《み》ていない、ですね」

「名前《なまえ》は確認《かくにん》した？」

「それも……してないです」

新藤《しんどう》は自分《じぶん》のうっかりにしょげ返《かえ》ってしまった。

「じゃあ、あのニセモノはどこに行《い》ってしまったんだ？」

「ニセモノは逃《に》げてしまっただろうね」

「いやいや桜山《さくらやま》さん、絵《え》は勝手《かって》に逃《に》げませんよ」

「俺《おれ》が話《はな》しているのは絵《え》のことじゃない。絵《え》を持《も》っていった警官《けいかん》のことだ。そいつがニセモノなんだよ。そして」

今度《こんど》は田上《たがみ》さんにたずねた。

「絵《え》をニセモノと鑑定《かんてい》した美術評論家《びじゅつひょうろんか》というひとは、今《いま》どこにいますか」

「あのひとは、屋敷《やしき》に留《とど》まってもらっていますよ。警察《けいさつ》が専門家《せんもんか》としての意見《いけん》を聞《き》きたいでしょうから」

「では、その方《かた》を呼《よ》んできてください」

「……わかりました」

田上《たがみ》さんは収蔵室《しゅうぞうしつ》を出《で》ていった。しかししばらくして不審顔《ふしんがお》で戻《もど》ってくる。

「おかしい。いません」

「でしょうね」

俺《おれ》は納得《なっとく》してうなずいた。

「これで絵画《かいが》がどのようにしてここから消《き》えたのか、わかりました。あなたたちの目《め》の前《まえ》で持《も》ち去《さ》られたんですよ」

「どういうことですか」

田上《たがみ》さんがたずねた。

「あのとき、この部屋《へや》に存在《そんざい》したニセモノはふたつ、いや、ふたり。絵《え》を持《も》って出《で》ていった警官《けいかん》と、絵《え》をニセモノと断定《だんてい》した美術評論家《びじゅつひょうろんか》です」

「なんですって？　あのひとが、ニセモノ？」

「ええ。そいつは本物《ほんもの》の絵《え》をニセモノだと言《い》い張《は》って、壁《かべ》から外《はず》した。そのとき、密《ひそ》かに隠《かく》し持《も》っていたドクロのカードを額縁《がくぶち》の裏《うら》に貼《は》り付《つ》けたんです。それを見《み》たあなたたちは、怪《かい》盗《とう》スカルがすでに絵《え》を盗《ぬす》んでしまったと信《しん》じ込《こ》んだんですよ。そしてそこにニセモノの警官《けいかん》が現《あらわ》れ、絵《え》を運《はこ》び出《だ》したというわけです」

「そんな……では私《わたし》たちは、みすみす絵《え》が盗《ぬす》まれるのを見《み》ていたということですか」

新藤《しんどう》はショックを受《う》けたようだった。

「残念《ざんねん》だが、そういうことだね」

「ああ……なんてことだ！」

田上《たがみ》さんが悲痛《ひつう》のあまり、床《ゆか》に膝《ひざ》をついた。

「私《わたし》の大事《だいじ》な絵《え》が……私《わたし》の女王《じょおう》が！」

「女王《じょおう》？」

その言葉《ことば》が俺《おれ》の記憶《きおく》を刺激《しげき》した。

「女王《じょおう》とは何《なん》ですか」

「盗《ぬす》まれた絵《え》のタイトルですよ。『夏《なつ》の女王《じょおう》』というんです」

女王《じょおう》……。

——女王陛下《じょおうへいか》を迎《むか》え入《い》れてください。

俺《おれ》は、あのときの謎《なぞ》の言葉《ことば》を思《おも》い出《だ》したんだ。もしかしたらって思《おも》った。だからたずねてみた。

「ニセモノだった美術《びじゅつ》評論家《ひょうろんか》というひとの名前《なまえ》は?」

すると、田上《たがみ》さんは答《こた》えた。

「亀田信一郎《かめだしんいちろう》という方《かた》です」

亀田《かめだ》……カメ。

――カメは捕獲《ほかく》。

「そういうことか……」

俺《おれ》はやっと、あの言葉《ことば》の意味《いみ》を理解《りかい》した。

「そういうことだったのか……!」

6　父《とう》さんとの約束《やくそく》

「そういうことかあ」

僕《ぼく》もやっと、理解《りかい》できた。

「父《とう》さんが聞《き》いた『カメは捕獲《ほかく》』って言葉《ことば》、亀田信一郎《かめだしんいちろう》というひとを捕《つか》まえたってことだよね」

——そうだ。ちなみに本物《ほんもの》の亀田《かめだ》さんは、後《あと》で無事《ぶじ》に見《み》つかったよ。

「それはよかった。じゃあ次《つぎ》の『信号《しんごう》は青《あお》』っていうのは……そうか、計画《けいかく》どおりに進《すす》めってことだ。そうでしょ？」

——いいぞ。そのとおりだ。

コースケが褒《ほ》めてくれた。僕《ぼく》は気《き》をよくして続《つづ》けた。

「じゃあ最後《さいご》の『女王陛下《じょおうへいか》を迎《むか》え入《い》れてください』っていうのは、『夏《なつ》の女王《じょおう》』という絵《え》を盗《ぬす》んで自分《じぶん》のものにしてくださいって意味《いみ》だね？」

——大正解《だいせいかい》だ。

「やった！」

僕《ぼく》は両手《りょうて》をあげた。

「父《とう》さんが出会《であ》った帽子《ぼうし》の男《おとこ》って、きっと怪盗《かいとう》スカルの手下《てした》だね。亀田《かめだ》ってひとを誘拐《ゆうかい》するのが任務《にんむ》だったんだ。それが成功《せいこう》したってことを父《とう》さんに……あれ？」

そこで僕《ぼく》は、おかしなことに気《き》がついた。

「やっぱりおかしいよ。スカルの手下《てした》はどうしてそんな大事《だいじ》なことを父《とう》さんに話《はな》したの？」

——どうしてだろうな？

コースケは言《い》った。

――それは俺《おれ》にも謎《なぞ》だった。凱斗《かいと》、おまえならどう考《かんが》える？

「そうだなあ……」

僕《ぼく》は首《くび》をひねる。どうして……どうして……そして、思《おも》いついた。

「……もしかしたら、その部下《ぶか》のひと、人違《ひとちが》いしてたんじゃないかな？」

――おまえも、そう思《おも》うか。

「うん、本当《ほんとう》なら仲間《なかま》にしか話《はな》さないようなことを話《はな》したってことは、父《とう》さんのことを仲間《なかま》だと思《おも》い込《こ》んじゃったんだよ。でも、どうして間違《まちが》えたのかな。相手《あいて》の顔《かお》を知《し》らなかったのかな？」

――それは考《かんが》えられないな。大事《だいじ》な連絡《れんらく》だから相手《あいて》の顔《かお》は知《し》ってなきゃならない。ところでその手下《てした》は、本当《ほんとう》は誰《だれ》に伝《つた》えたかったんだと思《おも》う？

「それはだから、仲間《なかま》だよね？　それくらいしかわからない」

――そうでもないぞ。もうひとつ、わかることがある。それは「迎《むか》え入《い》れてください」って言葉《ことば》だ。敬語《けいご》って知《し》ってるな？

「目上《めうえ》のひとに使《つか》う言葉《ことば》だよね。尊敬語《そんけいご》と謙譲語《けんじょうご》と丁寧語《ていねいご》。これは丁寧語《ていねいご》かな」

——そうだ。帽子《ぼうし》の男《おとこ》は俺《おれ》に敬語《けいご》を使《つか》った。ということは？

「父《とう》さんと勘違《かんちが》いした誰《だれ》かって、その帽子《ぼうし》の男《おとこ》より目上《めうえ》の人間《にんげん》ってことか。ってことは……怪盗《かいとう》スカル本人《ほんにん》？」

——そうとしか思《おも》えないな。帽子《ぼうし》の男《おとこ》は俺《おれ》とスカルを見間違《みまちが》えたんだ。

コースケが大《おお》きくうなずいてみせた。

——だがそのときは、これ以上《いじょう》はわからなかった。どうして俺《おれ》とスカルが見間違《みまちが》えられたのか、その理由《りゆう》がわからなかったんだ。でもなんとなく想像《そうぞう》できる気《き》がした。その想像《そうぞう》が真実《しんじつ》かどうか確《たし》かめるために、俺《おれ》は怪盗《かいとう》スカルを追《お》いかけることにした。途中《とちゅう》で病気《びょうき》になって、それができなくなってしまったけどな。

「今《いま》なら答《こた》えがわかるね」

僕《ぼく》は言《い》った。

「父《とう》さんとスカルは、同《おな》じ顔《かお》をしてた。だから手下《てした》でさえ間違《まちが》えたんだ。でもさ、どうしてなの？　どうしてふたりは、同《おな》じ顔《かお》をしているの？」

僕《ぼく》がたずねると、コースケはちょっとだけうつむいた。考《かんが》え込《こ》んでるみたいに見《み》えた。

——わからないよ。

やがて、コースケが言《い》った。

——どうして俺《おれ》とスカルがそっくりなのか、俺《おれ》は本当《ほんとう》のことを知《し》らない。でもな……。

そしてまた、コースケは黙《だま》り込《こ》んでしまう。

「どうしたの？」

——いや、この話《はなし》をしていいものかどうか……いや、おまえにはいずれ、話《はな》さなきゃいけないと思《おも》っていたことだ。だったら今《いま》、話《はな》すべきだな。

思《おも》いきったように言《い》うと、コースケは僕《ぼく》を見《み》た。

——じつは、父《とう》さんは自分《じぶん》が何者《なにもの》か知《し》らないんだ。

「え？　どういうこと？」

——まだ赤《あか》ん坊《ぼう》のときに、捨《す》てられたんだよ。本当《ほんとう》の名前《なまえ》も、両親《りょうしん》が誰《だれ》なのかも知《し》らない。

「え……本当《ほんとう》なの？」

僕《ぼく》はびっくりした。はじめて聞《き》いた話《はなし》だからだ。

——本当《ほんとう》だよ。父《とう》さんはそういう子供《こども》たちばかりが暮《く》らしている施設《しせつ》で生活《せいかつ》していた。その後《あと》、親切《しんせつ》なひとが俺《おれ》を養子《ようし》にしてくれた。それが渦巻市《うずまきし》のお祖父《じい》ちゃんとお祖母《ばあ》ちゃんだ。

桜山《さくらやま》という姓《せい》も耕助《こうすけ》という名前《なまえ》も、ふたりがくれた。

僕《ぼく》はコースケの話《はなし》を、びっくりしたまま聞《き》いていた。何《なに》もかも、はじめて知《し》ったことばかりだ。

「じゃあ、渦巻《うずまき》のお祖父《じい》ちゃんとお祖母《ばあ》ちゃんと父《とう》さんは、本当《ほんとう》の親子《おやこ》じゃないんだ」

――本当《ほんとう》の親子《おやこ》だよ。血《ち》はつながっていないが、父《とう》さんは両親《りょうしん》に大事《だいじ》に育《そだ》ててもらった。そして凱斗《かいと》、おまえにとって本当《ほんとう》のお祖父《じい》ちゃんとお祖母《ばあ》ちゃんだ。

コースケはじっくりと言《い》い聞《き》かせるように話《はな》してくれた。

「……そうだね。うん、お祖父《じい》ちゃんとお祖母《ばあ》ちゃんは、僕《ぼく》のお祖父《じい》ちゃんとお祖母《ばあ》ちゃんだ」

僕《ぼく》も納得《なっとく》した。でもひとつ、きいてみた。

「このことは母《かあ》さん、知《し》ってるの？」

――もちろん知《し》っている。母《かあ》さんと結婚《けっこん》するときにちゃんと話《はな》したからな。母《かあ》さんは全然気《ぜんぜんき》にしないって言《い》ってくれたよ。だけど、このことをおまえが知《し》ってるってことは、黙《だま》っておいたほうがいいかな。「誰《だれ》に教《おし》えられたの？」って訊《き》かれると、困《こま》るから。

「そうだね。じゃあ内緒《ないしょ》にしておくよ」

コースケが話《はな》しかけてくるようになってから、母《かあ》さんに秘密《ひみつ》にしなきゃならないことがどんどん増《ふ》えていく。それはちょっとだけ、心苦《こころぐる》しかった。でも、しかたないよね。

それより今《いま》は、怪盗《かいとう》スカルのことだ。

「スカルが父《とう》さんそっくりってことは、もしかしたらスカルと父《とう》さんは……」

――血縁関係《けつえんかんけい》がある、のかもしれない。

コースケが言《い》った。

――それを確《たし》かめることは、父《とう》さんが本当《ほんとう》はどこの誰《だれ》なのかを知《し》ることでもあるんだ。そこで凱斗《かいと》、おまえに頼《たの》みがある。一緒《いっしょ》にスカルを追《お》ってくれ。あいつの正体《しょうたい》を暴《あば》くんだ。

コースケの茶色《ちゃいろ》い目《め》が僕《ぼく》を見《み》ていた。父《とう》さんが僕《ぼく》を見《み》つめているんだ。僕《ぼく》は答《こた》えた。

「もちろん、いいよ。一緒《いっしょ》にスカルを追《お》っかけよう！」

第《だい》二話《わ》

赤《あか》い野《や》球《きゅう》帽《ぼう》の謎《なぞ》

1 人捜《ひとさが》しの依頼《いらい》

その日《ひ》、桜山探偵事務所《さくらやまたんていじむしょ》を訪《おとず》れたのは品《ひん》の良《よ》いおばあさんだった。

「品《ひん》の良《よ》い」って表現《ひょうげん》、わかりにくいかな？　そのひとの格好《かっこう》や雰囲気《ふんいき》や物言《ものい》いがとても優雅《ゆうが》で気持《きも》ちがいいって意味《いみ》なんだけど。

そのおばあさんについて言《い》うと、まず服装《ふくそう》が上品《じょうひん》だった。淡《あわ》い緑《みどり》のスーツを着《き》て胸元《むなもと》に白《しろ》い花《はな》のブローチを付《つ》けている。頭《あたま》にかぶっていた帽子《ぼうし》もスーツと同《おな》じ緑色《みどりいろ》で、履《は》いている黒《くろ》い革靴《かわぐつ》はぴかぴかに磨《みが》かれていた。おばあさんは応接室《おうせつしつ》に通《とお》されると帽子《ぼうし》を脱《ぬ》ぎ、革《かわ》のトートバッグを置《お》いて背筋《せすじ》をぴんと立《た》て、ソファに座《すわ》る。母《かあ》さんが差《さ》し出《だ》した紅茶《こうちゃ》のカップをソーサーごと手《て》に取《と》り、カップの持《も》ち手《て》を親指《おやゆび》と人差《ひとさ》し指《ゆび》と中指《なかゆび》でつまむとゆっくりと一口《ひとくち》すすって、

「涼《すず》しくなってきましたから、お紅茶《こうちゃ》が美味《おい》しく感《かん》じられるようになりましたわね」

と、にっこり微笑《ほほえ》む。その仕草《しぐさ》も言葉《ことば》づかいも、とても品《ひん》が良《よ》かったんだ。

「そうですわねえ」

つられたのか、母《かあ》さんも言葉《ことば》づかいがいつもより優《やさ》しかった。おばあさんは今度《こんど》は僕《ぼく》のほ

うを見《み》て、

「坊《ぼっ》ちゃん、お名前《なまえ》は何《なん》とおっしゃるの？」

と、たずねてきた。

「あ……桜山凱斗《さくらやまかいと》、です」

ちょっと緊張《きんちょう》しながら答《こた》えた。

「凱斗君《かいとくん》。よいお名前《なまえ》ね。そちらのわんちゃんのお名前《なまえ》は？」

「コースケ、です」

隣《となり》にいるコースケを紹介《しょうかい》するときもまごまごしてしまった。でもコースケだけは普段《ふだん》どおりソファにごろんと横《よこ》になっている。ちゃんと座《すわ》らせたほうがいいんだろうかと迷《まよ》っていると、母《かあ》さんが言《い》った。

「武本《たけもと》さん、でしたね。今日《きょう》はどういうご用件《ようけん》でしょうか」

「そうそう、それをまず申《もう》し上《あ》げなければなりませんでしたわね」

武本《たけもと》さんはカップをテーブルに置《お》くと手《て》を膝《ひざ》の上《うえ》に載《の》せ、母《かあ》さんをまっすぐに見《み》て言《い》った。

「人捜《ひとさが》しをお願《ねが》いしたいのですけど、お引《ひ》き受《う》けいただけますでしょうか」

「人捜《ひとさが》し、ですか。ご家族《かぞく》の方《かた》ですか」

「いえ、そうではございませんの。じつはわたし、もう三十年《ねん》ほど駅前《えきまえ》でピアノ教室《きょうしつ》を開《ひら》いております。ですので毎日《まいにち》、駅前《えきまえ》ビルにある自分《じぶん》の教室《きょうしつ》まで通《かよ》っておりますが、先週《せんしゅう》の木曜日《もくようび》の午後《ごご》六時《じ》すぎでしたでしょうか、家《いえ》に帰《かえ》るために駅前《えきまえ》の歩道橋《ほどうきょう》を渡《わた》っておりましたら下《くだ》り階段《かいだん》でうっかり足《あし》を踏《ふ》み外《はず》しまして、転落《てんらく》しそうになりましたの」

「それは大変《たいへん》でしたね。お怪我《けが》はありませんでしたか」

母《かあ》さんがたずねると、

「それがでございますね、前《まえ》を歩《ある》いていらした若《わか》い方《かた》が倒《たお》れそうになるわたしを支《ささ》えてくださったというか、わたしがその方《かた》にもたれかかってしまいまして、一緒《いっしょ》に倒《たお》れてしまったんですの。幸《こう》か不幸《ふこう》か、その方《かた》がわたしの下敷《したじ》きになってしまって、それでわたしは体《からだ》のどこも痛《いた》めることなく起《お》き上《あ》がることができました」

「まあ、不幸中《ふこうちゅう》の幸《さいわ》いでしたわね」

「まったくですわ。それで、すぐに一緒《いっしょ》に倒《たお》れてしまわれた方《かた》に『申《もう》しわけありません。お怪我《けが》はありませんか』とたずねましたの。そうしましたらその若《わか》い方《かた》はゆっくり立《た》ち上《あ》がって、『僕《ぼく》は大丈夫《だいじょうぶ》です。それよりおばあさんは怪我《けが》してませんか』と自分《じぶん》よりわたしのことを気遣《きづか》ってくださいましたのよ」

いきなり倒《たお》れかかられて下敷《したじ》きにされても怒《おこ》らずに、逆《ぎゃく》に相手《あいて》の怪我《けが》を心配《しんぱい》するなんて。そのひと、すごく親切《しんせつ》なんだなあと思《おも》う。

「怪我《けが》のないことを伝《つた》えますと、その方《かた》はにっこり微笑《ほほえ》んで歩《ある》き去《さ》ってしまわれました。わたし、気《き》が動転《どうてん》していてお礼《れい》やお詫《わ》びをきちんと申《もう》し上《あ》げることもできませんでね。それがとても申《もう》しわけなくて」

そう言《い》って武本《たけもと》さんは、小《ちい》さくため息《いき》をついた。

「その方《かた》が助《たす》けてくださったおかげで、こうして怪我《けが》ひとつなく、体《からだ》のどこも痛《いた》むことなく過《す》ごすことができております。本当《ほんとう》にありがたいことです。でも、もしかしたらわたしを助《たす》けてくださった方《かた》はどこか怪我《けが》をされているかもしれません。そう考《かんが》えますと、とても胸《むね》が痛《いた》みますの。その方《かた》のご様子《ようす》を知《し》りたいと思《おも》いますし、なによりお礼《れい》を申《もう》し上《あ》げたいのです。いくら動転《どうてん》していたとはいえ、お名前《なまえ》を伺《うかが》うこともしなかったことが悔《く》やんでも悔《く》やみきれません。ですので桜山《さくらやま》さん、その方《かた》を捜《さが》し出《だ》していただけませんでしょうか」

なるほど、助《たす》けてくれた恩人《おんじん》を捜《さが》してほしいって依頼《いらい》なのか。それは引《ひ》き受《う》けてあげたいな。

「そうですねえ……」

でも、母《かあ》さんは考《かんが》え込《こ》んでいる。

「引《ひ》き受《う》けてはいただけませんの？」

武本《たけもと》さんは少《すこ》し悲《かな》しそうな顔《かお》になる。

「い、いえ。けっしてお断《ことわ》りしようと思《おも》っているわけではありません。是非《ぜひ》ともその方《かた》を見《み》つけ出《だ》したいと思《おも》います」

母《かあ》さんは言《い》った。

「でも、お話《はなし》を伺《うかが》ったかぎりでは、その方《かた》を捜《さが》すための手《て》がかりが少《すく》ないように思《おも》います。その方《かた》のお名前《なまえ》も、おわかりにはならないんですね？」

「はい。申《もう》しわけありませんけど」

「顔《かお》や外見《がいけん》で何《なに》か特徴《とくちょう》はありますか」

「そうですわねえ……」

武本《たけもと》さんは考《かんが》えているようだったが、

「……お恥《は》ずかしいことですけど、わたし人様《ひとさま》の顔《かお》を覚《おぼ》えるのがとても苦手《にがて》ですの。一瞬《いっしゅん》しか見《み》ていないお顔《かお》を思《おも》い出《だ》すのは、難《むずか》しいですわね」

「そうですか。若《わか》い方《かた》とおっしゃってましたけど、何歳《なんさい》くらいでしょうか」

「それもよくわかりませんわねえ。すみません」

「いえ……でも、やはり情報《じょうほう》が少《すく》ないと難《むずか》しいですね」

「そうですか……わたしがちゃんとお相手《あいて》とお話《はな》ししていればよかったのですけど」

武本《たけもと》さんはそう言《い》ってしょんぼりしてしまった。その様子《ようす》を見《み》て僕《ぼく》も寂《さび》しい気持《きも》ちになった。このひとの力《ちから》になってあげられないのだろうか。

そのとき、頭《あたま》の中《なか》に声《こえ》が聞《き》こえてきた。

——武本《たけもと》さんはどうして、そのひとを「若《わか》い」と思《おも》ったんだろうな？

僕《ぼく》は思《おも》わずコースケを見《み》た。いつの間《ま》にかきちんと座《すわ》って武本《たけもと》さんのほうを見《み》ている。今《いま》のはコースケの声《こえ》だ。

たしかに何歳《なんさい》なのかもわからないのに、どうして武本《たけもと》さんはそのひとのことを「若《わか》い」って思《おも》ったんだろう？

僕《ぼく》はそのことを武本《たけもと》さんにきいてみた。

「若《わか》いと思《おも》ったわけ、ですか。そうですね……」

武本《たけもと》さんはまた考《かんが》え込《こ》む。

「……顔《かお》を見《み》た印象《いんしょう》でしょうか。どんな顔《かお》かまでは覚《おぼ》えていませんけど、見《み》たときの印象《いんしょう》は覚《おぼ》えておりますの」

——若《わか》いって、何歳《なんさい》くらいに見《み》えたのかな？

またコースケの声《こえ》。だから武本《たけもと》さんは何歳《なんさい》かわからないって言《い》ってるじゃないか、と、そんな気持《きも》ちをこめてコースケを睨《にら》んでみる。

——いいからきいてみろよ。

コースケは平然《へいぜん》と言《い》ってくる。僕《ぼく》の気持《きも》ちは理解《りかい》したらしいけど、やっぱり意味《いみ》がわからない。

「若《わか》いって、何歳《なんさい》くらいに見《み》えましたか」

しぶしぶきいてみる。すると、

「そう……二十歳《はたち》くらいでしょうか」

武本《たけもと》さんから答《こた》えが返《かえ》ってきた。これには僕《ぼく》もびっくりした。そうか、最初《さいしょ》はわからないと言《い》われたことも質問《しつもん》のしかたを変《か》えたり繰《く》り返《かえ》し考《かんが》えてもらったりすると、思《おも》い出《だ》してくれることもあるんだ。

僕《ぼく》はその後《ご》もコースケの通訳《つうやく》をするように質問《しつもん》を続《つづ》けた。

「髪《かみ》は長《なが》かったですか。短《みじか》かったですか」

「短《みじか》かった、かもしれません。帽子《ぼうし》をかぶっていらしたのでよくわかりませんけど」

「どんな帽子《ぼうし》でしたか」

僕《ぼく》がたずねると、

「あ、そうそう。大事《だいじ》なことを忘《わす》れておりましたわ」

武本《たけもと》さんはそう言《い》ってトートバッグから赤《あか》いものを取《と》り出《だ》した。

「これです。その方《かた》が落《お》としていかれましたの。帽子《ぼうし》に気付《きづ》いたときにはもう、その方《かた》は去《さ》ってしまわれていましたので、残念《ざんねん》ながら髪《かみ》がどうだったかも記憶《きおく》にありません」

それは真《ま》っ赤《か》な野球帽《やきゅうぼう》だった。前《まえ》のところに「P」という文字《もじ》が白《しろ》く刺繍《ししゅう》されている。

「できるなら、この帽子《ぼうし》もお返《かえ》ししたいのです」

「こちら、お預《あず》かりしてもよろしいでしょうか」

帽子《ぼうし》を手《て》に取《と》って、母《かあ》さんが言《い》った。

「どういうものか調《しら》べてみます。もしかしたら手《て》がかりになるかもしれませんから」

「はい、よろしくお願《ねが》いいたします」

武本《たけもと》さんは頭《あたま》を下《さ》げる。

「帽子以外《ぼうしいがい》の服《ふく》はどんなだったか覚《おぼ》えていますか」

僕《ぼく》は続《つづ》けてきいた。

「そうですわね……上《うえ》は黒《くろ》のパーカーだったと思《おも》います。下《した》はベージュのズボンでしたかしら」

「持《も》ち物《もの》はありました？」

「……ああ、はい。肩《かた》から茶色《ちゃいろ》い布《ぬの》のバッグを掛《か》けてました」

コースケの言《い》うとおりに質問《しつもん》するだけで、武本《たけもと》さんは意外《いがい》なくらいいろいろと思《おも》い出《だ》してくれた。これが探偵《たんてい》の質問術《しつもんじゅつ》ってやつなのか。やっぱり感心《かんしん》しちゃうな。

「もう一度《いちど》、顔《かお》のことをききたいんですけど、何《なに》か記憶《きおく》に残《のこ》るものはありませんでしたか」

これもコースケに言《い》われるまま尋《たず》ねてみると、

「記憶《きおく》に……そういえば、顎《あご》に大《おお》きなホクロがあった気《き》がします」

――顔《かお》の絵《え》を描《か》け。

ここでまたコースケが指示《しじ》してきた。

「えー？　僕《ぼく》、絵《え》が苦手《にがて》なの知《し》ってるくせに」

思《おも》わず言《い》い返《かえ》すと、

「え？　何《なん》のこと？」

母《かあ》さんがびっくりしたようにきいてきた。

「あ、ううん。なんでもない」

僕《ぼく》は適当《てきとう》にごまかすと、自分《じぶん》のメモ帳《ちょう》を取《と》り出《だ》した。最近《さいきん》は母《かあ》さんに付《つ》いて依頼人《いらいにん》に話《はなし》をきいたり調査《ちょうさ》したりすることが増《ふ》えたので、探偵仕事用《たんていしごとよう》のメモ帳《ちょう》を持《も》つことにしたんだ。僕《ぼく》はそれにボールペンで顔《かお》の輪郭《りんかく》を描《か》いた。おでこのあたりに横《よこ》に直線《ちょくせん》を引《ひ》いて、その端《はし》に舌《した》みたいな出《で》っ張《ぱ》りを描《か》き足《た》す。これ、野球帽《やきゅうぼう》のつもり。

「さっき言《い》ってたホクロって、どの位置《いち》にあったか教《おし》えてください」

そう言《い》ってメモ帳《ちょう》とボールペンを武本《たけもと》さんに差《さ》し出《だ》す。武本《たけもと》さんは考《かんが》え込《こ》みながら、

「……ここでしたでしょうか」

と、自分《じぶん》で口《くち》を描《か》いて、その右下《みぎした》に黒《くろ》い点《てん》を描《か》いた。

「他《ほか》に顔《かお》の特徴《とくちょう》はありませんでしたか」

「そうですねえ……」

つぶやくように言《い》いながら、武本《たけもと》さんは僕《ぼく》が描《か》いた顔《かお》の輪郭《りんかく》のあたりにペンをふらふらさせていたけど、思《おも》いついたように眉毛《まゆげ》を描《か》きはじめた。

「眉《まゆ》がね、太《ふと》かったんですよ。こんな形《かたち》で」

描《か》かれた眉《まゆ》は焼《や》きのりを貼《は》り付《つ》けているみたいに太《ふと》かった。これは目立《めだ》つかも。

「ありがとうございます。これでだいぶ特徴《とくちょう》がわかりました」

「でも、これだけでは捜《さが》すのは難《むずか》しいでしょうか」

武本《たけもと》さんがすまなそうに言《い》う。

「そうですねえ……」

母《かあ》さんも自信《じしん》がなさそうだった。

僕《ぼく》はコースケの言《い》うとおりに、言《い》った。

「難《むずか》しいですけど、調《しら》べてみる価値《かち》はありますよ」

「本当《ほんとう》ですか」

武本《たけもと》さんの表情《ひょうじょう》がたちまち明《あか》るくなった。

「よろしくお願《ねが》いいたします。本当《ほんとう》に助《たす》かります」

事務所《じむしょ》を出《で》ていくまで武本《たけもと》さんはずっと僕《ぼく》たちにおじぎをして感謝《かんしゃ》していた。それを見送《みおく》った母《かあ》さんは武本《たけもと》さんの姿《すがた》が見《み》えなくなると感心《かんしん》したように僕《ぼく》に言《い》った。

「驚《おどろ》いたわ。顔《かお》なんか覚《おぼ》えてないって言《い》ってた武本《たけもと》さんから、ここまで情報《じょうほう》を引《ひ》き出《だ》すことができるなんて。凱斗《かいと》、あなた尋問《じんもん》の達人《たつじん》だったのね」

「それは僕《ぼく》じゃなくてコー……あっと」

コースケの言《い》うとおりにきいただけだって言《い》いそうになって、あわてて口《くち》をつぐんだ。

「で、でもさ、これだけしか情報《じょうほう》がないんじゃ、やっぱり目当《めあ》てのひとを捜《さが》すのって難《むずか》しくない？」

「『難《むずか》しいけど調《しら》べてみる価値《かち》はある』って言《い》ったの、あなたじゃないの。まあ、父《とう》さんが生《い》きてたら同《おな》じこと言《い》ったと思《おも》うけど」

「そうなの？」

「いつも言《い》ってたもの。『少《すこ》しでも手《て》がかりがあるのなら、その手《て》がかりからわかることはきっとあるはずだ』って」

母《かあ》さんは武本《たけもと》さんから預《あず》かった赤《あか》い野球帽《やきゅうぼう》を日《め》の前《まえ》に置《お》いた。

「まず、これが何《なに》なのか調《しら》べてみましょうか」

そう言《い》って、スマホをかざした。

「最近《さいきん》の画像検索《がぞうけんさく》ってすごいわね。スマホのカメラで撮影《さつえい》するだけで、写《うつ》したものが何《なに》なのかすぐに教《おし》えてくれるんだもの」

「わかったの？」

「ええ。フィラデルフィア・フィリーズっていうアメリカの野球《やきゅう》チームの公式《こうしき》キャップですって。ネットの情報《じょうほう》によるとこのチーム、ニューヨーク・ヤンキースやロサンゼルス・ドジャースに比《くら》べて、日本《にほん》ではあまり知名度《ちめいど》は高《たか》くないみたい。だからこれをかぶっているひとって、日本《にほん》では結構珍《けっこうめずら》しい存在《そんざい》かもね」

母《かあ》さんはスマホをしまうと、

「先週《せんしゅう》の木曜日《もくようび》の午後《ごご》六時《じ》すぎに駅前《えきまえ》の歩道橋《ほどうきょう》で転《ころ》びそうになった女性《じょせい》を助《たす》けた男《おとこ》のひとのこと、誰《だれ》かが見《み》てるかもしれない。明日《あす》、同《おな》じ時刻《じこく》に駅前《えきまえ》に行《い》って、聞《き》き込《こ》みをしてみるわ。毎日《まいにち》その時間《じかん》にその場所《ばしょ》を歩《ある》いているひとに会《あ》えるでしょうからね」

なるほどね。そうやって調《しら》べていくんだ。探偵《たんてい》って地道《じみち》な仕事《しごと》なんだね、やっぱり。

振《ふ》り返《かえ》るとコースケが得意《とくい》げに尻尾《しっぽ》を振《ふ》っていた。

——母《かあ》さんの成果《せいか》に期待《きたい》しようじゃないか。

うん、と僕《ぼく》はコースケにだけわかるようにうなずいて見《み》せた。

2　強盗事件《ごうとうじけん》の容疑者《ようぎしゃ》

次《つぎ》の日《ひ》、母《かあ》さんは武本《たけもと》さんからの依頼《いらい》のために駅前《えきまえ》に出《で》かけていった。僕《ぼく》はすぐに手《て》がかりが見《み》つかるだろうと思《おも》っていた。

でも帰《かえ》ってきた母《かあ》さんは浮《う》かない顔《かお》をしてリビングのソファに座《すわ》り込《こ》んでしまった。

「その顔《かお》からすると、結果《けっか》は良《よ》くなかったみたいだね」

僕《ぼく》が言《い》うと、

「そうなの。いやというほど歩《ある》き回《まわ》って、何人《なんにん》ものひとにきいてみたんだけど、武本《たけもと》さんが歩道橋《ほどうきょう》から転落《てんらく》しかけたところを見《み》たひとには出会《であ》えなかったわ」

そう言《い》って、かばんから紙《かみ》を取《と》り出《だ》した。そこには人《ひと》の姿《すがた》が描《か》かれていた。「P」のマークが付《つ》いた赤《あか》い野球帽《やきゅうぼう》、黒《くろ》いパーカー、ベージュのズボン。武本《たけもと》さんが話《はな》してくれた特徴《とくちょう》を絵《え》にしたものだ。目《め》や鼻《はな》は描《か》かれていないけど、太《ふと》い眉《まゆ》と顎《あご》のホクロが描《か》いてある。絵《え》の下《した》には「こんなひとを見《み》かけた方《かた》はご連絡《れんらく》ください」という文章《ぶんしょう》が桜山探偵事務所《さくらやまたんていじむしょ》の名前《なまえ》と電話番号《でんわばんごう》を添《そ》えて書《か》かれていた。

「これ、母《かあ》さんが描《か》いたの？　上手《じょうず》じゃん」

「それほどでもないけどね。まあ、学校《がっこう》では美術《びじゅつ》の成績《せいせき》はそこそこ良《よ》かった、かな」

まんざらでもなさそうに、母《かあ》さんは言《い》う。その才能《さいのう》、僕《ぼく》にも遺伝《いでん》してたらよかったのに。

「それはともかく、このチラシを何枚《なんまい》か駅前《えきまえ》で配《くば》ってきたから、誰《だれ》か情報《じょうほう》をくれるといいんだけど」

クララがやってきて僕《ぼく》の前《まえ》で尻尾《しっぽ》を振《ふ》りはじめた。僕《ぼく》が学校《がっこう》から帰《かえ》ってくると散歩《さんぽ》に連《つ》れていってもらえるとわかっているから、催促《さいそく》しているんだ。

「わかったよ。じゃあ行《い》こうか。コースケも散歩《さんぽ》に行《い》くよ」

ソファの上《うえ》で寝《ね》ころんでいるコースケに声《こえ》をかけると、

——面倒《めんどう》だなあ。

寝返《ねがえ》りしながらコースケが言《い》った。

——俺《おれ》はいいから、クララだけ連《つ》れてってくれよ。

「そうはいかないよ。犬《いぬ》は散歩《さんぽ》するもんだって決《き》まってるんだから」

僕《ぼく》が言《い》い返《かえ》すと、

「え？　何《なん》ですって？」

母《かあ》さんがきいてくる。

「あ、なんでもない。今《いま》から散歩《さんぽ》に行《い》ってくるから」

そう言《い》うとコースケを抱《だ》きかかえて玄関《げんかん》に向《む》かった。クララは大喜《おおよろこ》びでついてくる。

二匹《ひき》にリードを付《つ》けて外《そと》に出《で》た。秋《あき》になって、この時間《じかん》だとちょっと涼《すず》しくなってきている。散歩《さんぽ》にはちょうどいい。クララはいつものように尻尾《しっぽ》を立《た》てて、僕《ぼく》を引《ひ》っ張《ぱ》るように歩《ある》いていく。そしてコースケもいつものように尻尾《しっぽ》を下《さ》げて、いやいやついてくる。

「もっとちゃんと歩《ある》いてよ」

文句《もんく》を言《い》うと、

——はいはい。

おざなりに言《い》って、ちょっとだけ足取《あしど》りを速《はや》くする。でも尻尾《しっぽ》は地面《じめん》に付《つ》いたままだ。

「そういう歩《ある》きかたするから、帰《かえ》ってから尻尾《しっぽ》に付《つ》いた枯《か》れ葉《は》とかを掃除《そうじ》しなきゃならなくなるんだよ。もうちょっと尻尾《しっぽ》をぴんと立《た》ててよ」

——しかたないだろ。尻尾《しっぽ》は俺《おれ》の気持《きも》ちに正直《しょうじき》なんだからさ。

「どうしてそんなに散歩《さんぽ》が嫌《きら》いなわけ？」

——だから面倒《めんどう》なんだよ。家《いえ》でごろごろしてたいんだ。

「そんなんじゃ太《ふと》っちゃうよ。ダックスフントは腰痛《ようつう》になりやすいから太《ふと》らせちゃ駄目《だめ》だって獣医《じゅうい》さんが言《い》ってた。運動《うんどう》しないならごはんを減《へ》らすからね」

——それは勘弁《かんべん》してくれよ。わかったよ。ちゃんと歩《ある》くよ。

やっとコースケもクララに並《なら》んで歩《ある》きだしてくれた。でも文句《もんく》は言《い》いつづけてる。

——まったく。もうちょっと優《やさ》しくしてほしいよな。今《いま》は犬《いぬ》だけど、おまえの父《とう》さんなんだから。

「父《とう》さんだから体《からだ》の心配《しんぱい》してるの。これも親孝行《おやこうこう》なんだよ」

——一人前《いちにんまえ》の口《くち》をきくじゃないか。やれやれ。

文句《もんく》を言《い》いながらコースケは笑《わら》っているみたいだった。僕《ぼく》も思《おも》わず笑《わら》ってしまった。

「凱斗君《かいとくん》」

そのとき、急《きゅう》に声《こえ》をかけられた。振《ふ》り向《む》くと熊《くま》みたいに大《おお》きな男《おとこ》のひとが立《た》っている。

「あ、新藤《しんどう》さん」

伏城警察署《ふしぎけいさつしょ》の新藤刑事《しんどうけいじ》だった。

「元気《げんき》そうだね」

新藤《しんどう》さんは笑顔《えがお》で言《い》った。

「何《なに》か、ひとりごとを言《い》ってたみたいだな。親孝行《おやこうこう》がどうとかって」

聞《き》かれてたか。やばい。

「ああ、あの……犬《いぬ》を散歩《さんぽ》させるのも親孝行《おやこうこう》なのかなって。ほら、母《かあ》さん、いろいろ忙《いそが》しいから」

「ああなるほど。たしかにお母《かあ》さんは大変《たいへん》だからね。家《いえ》の仕事《しごと》を手伝《てつだ》うなんて立派《りっぱ》だよ。感心《かんしん》。ところで、そのお母《かあ》さん、今《いま》は家《いえ》にいるかな？」

「いますよ。何《なに》かご用《よう》ですか」

僕《ぼく》がたずねると、新藤《しんどう》さんは少《すこ》し真面目《まじめ》な顔《かお》になって、

「ききたいことが、あるんだよ」

その口調《くちょう》で、何《なに》か重要《じゅうよう》な話《はなし》らしいと感《かん》じた。

「わかりました。一緒《いっしょ》に行《い》きましょう」

僕《ぼく》は方向転換《ほうこうてんかん》して家《いえ》に向《む》かった。いつもの散歩《さんぽ》コースだともう少《すこ》し先《さき》まで行《い》くのでクララは不満《ふまん》そうだったけど、コースケは逆《ぎゃく》に足取《あしど》りが軽《かる》くなったみたいだ。

——新藤刑事《しんどうけいじ》のききたいことって何《なん》だろうな。凱斗《かいと》、一緒《いっしょ》に話《はなし》を聞《き》こう。

新藤《しんどう》さんの前《まえ》では返事《へんじ》ができなかったので、僕《ぼく》は小《ちい》さくうなずくだけにした。

家《いえ》に戻《もど》ると、母《かあ》さんは僕《ぼく》が新藤《しんどう》さんと一緒《いっしょ》なので驚《おどろ》いたようだった。

「あらあら、どうしたの？」

「散歩《さんぽ》の途中《とちゅう》で会《あ》ったんだ。母《かあ》さんにききたいことがあるんだって」

「まあ、何《なん》でしょうか」

母《かあ》さんがたずねると、新藤《しんどう》さんはポケットから白《しろ》い紙《かみ》を取《と》り出《だ》して広《ひろ》げた。

「これ、桜山《さくらやま》さんが作《つく》ったものですよね？」

それは武本《たけもと》さんの依頼《いらい》のために母《かあ》さんが描《か》いた人捜《ひとさが》しのチラシだった。

「あ、はい。わたしが配《くば》りました。何《なに》か問題《もんだい》でもあったんですか」

「問題《もんだい》といえば問題《もんだい》なんですがね」

新藤《しんどう》さんは意味《いみ》ありげな言《い》いかたをする。

「桜山《さくらやま》さんはどうして、この男《おとこ》を捜《さが》しているんですか」

「それはもちろん、仕事《しごと》だからです。このひとを捜《さが》してほしいという依頼《いらい》があったんですよ」

「依頼《いらい》してきたのは誰《だれ》ですか」

「それは答《こた》えられません。依頼主《いらいぬし》のプライバシーを守《まも》るのも探偵《たんてい》の義務《ぎむ》ですから」

そう言《い》ってから母《かあ》さんは、逆《ぎゃく》にたずねた。

「新藤《しんどう》さんはどうして、このチラシを気《き》にしているんですか。わたしが捜《さが》しているひとのことの何《なに》が問題《もんだい》なんですか」

「たしかに、ちゃんと説明《せつめい》しないといけませんね」

新藤《しんどう》さんは答《こた》えた。

「チラシにも書《か》かれている先週木曜日《せんしゅうもくようび》、駅前《えきまえ》の時計店《とけいてん》に強盗《ごうとう》が入《はい》ったんです」

「それ、知《し》ってる」

僕《ぼく》は思《おも》わず言《い》った。

「テレビのニュースで言《い》ってた。ナイフを持《も》った男《おとこ》が店員《てんいん》さんを脅《おど》して時計《とけい》を盗《ぬす》んだって」

「そう。それだよ。犯人《はんにん》は高級腕時計《こうきゅううでどけい》を三点《てん》、強奪《ごうだつ》しました。被害額《ひがいがく》は合《あ》わせて二百万円《まんえん》以上《いじょう》だそうです」

「恐《おそ》ろしいですね。でも、その強盗事件《ごうとうじけん》とわたしの人捜《ひとさが》しがどういう関係《かんけい》……あ、まさか」

話《はな》している途中《とちゅう》で母《かあ》さんは気《き》が付《つ》いたみたいだった。

「そう、そのまさかです」

新藤《しんどう》さんは言《い》った。

「このチラシで捜索《そうさく》されている男《おとこ》はアルファベットの『P』が付《つ》いた赤《あか》い野球帽《やきゅうぼう》をかぶっていたと書《か》かれていますよね。時計店《とけいてん》に押《お》し入《い》った犯人《はんにん》も、同《おな》じく『P』のマークが付《つ》いた赤《あか》い野球帽《やきゅうぼう》をかぶっていたんです」

「じゃあ、わたしたちが捜《さが》しているひとが、強盗犯《ごうとうはん》だというんですか」

「そうと断定《だんてい》できるわけではないんです。ただ、あまりに特徴《とくちょう》が似通《にかよ》っているので我々《われわれ》としても放《ほう》っておけないんですよ。この人物《じんぶつ》について詳《くわ》しく教《おし》えていただけませんか」

「詳《くわ》しくと言《い》われましても、どこの誰《だれ》だかわからないので捜《さが》しているんですよ」

そう言《い》いながら母《かあ》さんは、武本《たけもと》さんからの依頼《いらい》の内容《ないよう》について新藤《しんどう》さんに話《はな》した。依頼人《いらいにん》のことや相談内容《そうだんないよう》について他人《たにん》に話《はな》すのは探偵《たんてい》としてやってはいけないことらしいんだけど、警察《けいさつ》の捜査《そうさ》のためなら、しかたないんだって。

「……なるほど、その女性《じょせい》を助《たす》けた若者《わかもの》が赤《あか》い野球帽《やきゅうぼう》をかぶっていたわけですね」

「そうなんです。他《ほか》にこれといった手《て》がかりがないので、こんなチラシを作《つく》って配《くば》ったんですけど」

母《かあ》さんは説明《せつめい》してから、逆《ぎゃく》に質問《しつもん》した。

「強盗犯《ごうとうはん》のほうは、他《ほか》に何《なに》か特徴《とくちょう》はなかったんですか」

「残念《ざんねん》なことに、ほとんど手《て》がかりがないんです。赤《あか》い野球帽《やきゅうぼう》の他《ほか》には黒《くろ》っぽい服《ふく》を着《き》ていたとしか」

「黒《くろ》っぽい服《ふく》ですか。これもわたしが捜《さが》しているひとと似《に》てますね。やっぱり同一人物《どういつじんぶつ》なのかしら？」

母《かあ》さんは首《くび》を傾《かし》げる。

——強盗犯《ごうとうはん》は、何《なに》もしゃべらなかったのかな？

頭《あたま》の中《なか》で声《こえ》がした。コースケだ。僕《ぼく》はそのまま新藤《しんどう》さんにきいてみた。

「強盗犯《ごうとうはん》は、何《なに》もしゃべらなかったんですか」

「え？　ああ、たしか店員《てんいん》にナイフを突《つ》きつけて『死《し》にたくなかったら、おとなしくしろ』と脅《おど》したらしいね」

「それ、正確《せいかく》に犯人《はんにん》の言《い》ったとおりですか」

「いや、たしか『死《し》にとうなかったら、おとなしゅうしとれ』だったかな。ちょっと関西弁《かんさいべん》っぽかったと言《い》ってたな」

「関西弁《かんさいべん》ですか……」

それが何《なに》を意味《いみ》するのかもわからないまま、僕《ぼく》はうなずいてみせた。

「それが何《なに》か手《て》がかりになるのかな?」

その様子《ようす》を見《み》て新藤《しんどう》さんがたずねてくる。

「あ、いえ……そういうことじゃないんですけど……」

僕《ぼく》はうろたえる。コースケはどうしてこんなことを言《い》ったんだろうと思《おも》いながら。

僕《ぼく》がそれ以上何《いじょうなに》も言《い》わなかったので、新藤《しんどう》さんは僕《ぼく》への関心《かんしん》をなくしたようで、母《かあ》さんにたずねた。

「桜山《さくらやま》さんに人捜《ひとさが》しを依頼《いらい》したひとを教《おし》えていただけませんか。俺《おれ》も話《はなし》をきいてみたいんです」

「それは、先方《せんぽう》の同意《どうい》を得《え》てからにさせてもらえませんか。わたしの一存《いちぞん》では決《き》められません」

母《かあ》さんは、きっぱりと言《い》った。新藤《しんどう》さんは不満《ふまん》そうだったけど、

「……わかりました。でも急《いそ》いで相手《あいて》の方《かた》に確認《かくにん》をしてくださいね。警察《けいさつ》としても一刻《いっこく》も早《はや》く犯人《はんにん》を捕《つか》まえたいですから」

と、釘《くぎ》を刺《さ》して帰《かえ》っていった。

「困《こま》ったことになったわね」

新藤《しんどう》さんがいなくなってから、母《かあ》さんはそう言《い》ってため息《いき》をついた。

「もしも自分《じぶん》を助《たす》けてくれた若者《わかもの》が強盗犯《ごうとうはん》だったなんてことになったら武本《たけもと》さん、なんて思《おも》うかしら」

ああそうか。たしかにそんなことになったら武本《たけもと》さんは悲《かな》しむかもしれない。

僕《ぼく》がきくと、

「武本《たけもと》さんに強盗《ごうとう》のこと、言《い》わなきゃだめなのかな？」

「黙《だま》っているわけにもいかないわよ。それがどんな結果《けっか》になっても、武本《たけもと》さんの依頼《いらい》を果《は》たさなきゃいけないもの。もしもそのひとが強盗《ごうとう》なら、ちゃんと報告《ほうこく》しなきゃ。それに新藤《しんどう》さんも捜査《そうさ》のために武本《たけもと》さんの話《はなし》を聞《き》きたがってたでしょ」

「そうだね。話《はな》さなきゃいけないんだね」

探偵《たんてい》って、つらい仕事《しごと》でもあるんだなって思《おも》った。

「でもさ、まだ武本《たけもと》さんを助《たす》けたひとが強盗《ごうとう》だって決《き》まったわけじゃないでしょ？　別人《べつじん》かもしれないし」

「その可能性《かのうせい》はあるわね。でもねえ……」

母《かあ》さんは難《むずか》しそうな顔《かお》をした。

――凱斗《かいと》、頼《たの》みがある。

また、コースケの声《こえ》がした。

3　古本屋《ふるほんや》「旅人堂《たびびとどう》」

「先週木曜日《せんしゅうもくようび》の午後《ごご》二時《じ》すぎ、駅前《えきまえ》の斎藤時計店《さいとうとけいてん》に現《あらわ》れた若《わか》い男《おとこ》が店主《てんしゅ》の斎藤静夫《さいとうしずお》さんにナイフを突《つ》きつけて脅《おど》し、店内《てんない》に並《なら》べられていた腕時計《うでどけい》三本《ぼん》を強奪《ごうだつ》して逃走《とうそう》した。斎藤《さいとう》さんに怪我《けが》はなかった。警察《けいさつ》は強盗事件《ごうとうじけん》として捜査《そうさ》している」

僕《ぼく》はスマホに表示《ひょうじ》されたニュースを読《よ》みあげた。

――これだけか。

「ちょっと待《ま》って。他《ほか》にもこの事件《じけん》のことを伝《つた》えている記事《きじ》を探《さが》してみるから」

スマホを操作《そうさ》して他《ほか》の記事《きじ》を探《さが》してみた。でも別《べつ》のニュースサイトを見《み》ても、書《か》かれている内容《ないよう》に違《ちが》いはなかった。

――わかった。じゃあ次《つぎ》だ。

「武本《たけもと》さんに確認《かくにん》するんだね？」

――頼《たの》むよ。

僕《ぼく》は武本《たけもと》さんの電話番号《でんわばんごう》をスマホに打《う》ち込《こ》んだ。

「もしもし？　武本《たけもと》さんですか。僕《ぼく》、桜山凱斗《さくらやまかいと》です。桜山探偵事務所《さくらやまたんていじむしょ》の」

「まあ、あの坊《ぼっ》ちゃんね。どうしたの？　あの若《わか》い方《かた》が見《み》つかったのかしら？」

「いえ、それはまだなんですけど、その件《けん》で確認《かくにん》したいことがあるんです」

「何《なに》かしら？」

「武本《たけもと》さんが歩道橋《ほどうきょう》で転《ころ》んだのは午後《ごご》六時《じ》すぎというお話《はなし》でしたけど、正確《せいかく》には何時《なんじ》でしたか」

「六時《じ》三分《ぷん》です」

武本《たけもと》さんは言《い》った。

「わたし、毎日同《まいにちおな》じ時間《じかん》にピアノ教室《きょうしつ》を出《で》て駅《えき》に向《む》かいますの。ですから時間《じかん》もわかります。六時《じ》三分《ぷん》で間違《まちが》いありません」

「六時《じ》三分《ぷん》ですね。ありがとうございます。また何《なに》かわかったらお知《し》らせします」

「お願《ねが》いしますね」

電話《でんわ》を切《き》ると足元《あしもと》に座《すわ》って聞《き》いていたコースケがうなずいた。

——やっぱりな。

「何《なに》が『やっぱり』なの？」

——武本《たけもと》さんを助《たす》けた男《おとこ》は強盗犯《ごうとうはん》じゃないな。

コースケの言葉《ことば》に、僕《ぼく》はびっくりした。

「え？　そうなの？　どうしてそう言《い》えるの？」

——時間《じかん》だよ。

コースケは言《い》った。

——時計店《とけいてん》が襲《おそ》われたのが午後《ごご》二時《じ》すぎ。そして武本《たけもと》さんが歩道橋《ほどうきょう》で転《ころ》んだのが午後《ごご》六時《じ》すぎ。

「六時《じ》三分《ぷん》だよ」

——ああ、そうだったな。つまり武本《たけもと》さんの出来事《できごと》のほうが後《あと》だ。

「うん、そうだね」

——考《かんが》えてみろ。二時《じ》に時計店《とけいてん》を襲《おそ》った犯人《はんにん》が、そのままずっと駅前《えきまえ》にとどまって、六時《じ》に武本《たけもと》さんを助《たす》けたりすると思《おも》うか。

「……ああ、それはないかな」

――ないない。絶対《ぜったい》にない。すぐに逃《に》げてどこかに行《い》ってしまうはずだ。でないと警察《けいさつ》に捕《つか》まってしまうからな。

「じゃあ、やっぱり武本《たけもと》さんを助《たす》けたひとは強盗犯《ごうとうはん》じゃないってこと？　全然関係《ぜんぜんかんけい》ないの？」

――そう、とも言《い》い切《き》れない。

「どういうこと？」

――帽子《ぼうし》だよ。赤《あか》い野球帽《やきゅうぼう》ってだけじゃない。「P」のマークまで一致《いっち》しているとなると同《おな》じものだって考《かんが》えたほうがいいだろうな。

「同《おな》じ？　でもさ、それってどういうことなの？」

――わからんよ。今《いま》はな。

コースケは少《すこ》し考《かんが》えるように首《くび》を傾《かし》げる。そして言《い》った。

――もう少《すこ》し情報《じょうほう》がほしい。凱斗《かいと》、外《そと》に出《で》ようか。

「え？　散歩《さんぽ》、きらいじゃなかったっけ？」

――散歩《さんぽ》じゃない。調査《ちょうさ》だ。行《い》くぞ。武本《たけもと》さんから預《あず》かった野球帽《やきゅうぼう》を持《も》っていってくれ。

コースケは玄関《げんかん》に向《む》かう。

「あ、待《ま》ってよ」

僕《ぼく》は赤《あか》い野球帽《やきゅうぼう》を手《て》に取《と》ると、あわてて追《お》いかけた。そしてコースケにリードを付《つ》けて外《そと》に出《で》る。

「どこに行《い》くの？」

――雲雀町《ひばりちょう》二丁目《ちょうめ》。旅人堂《たびびとどう》って知《し》ってるだろ？

「たしか、本屋《ほんや》さんだよね。前《まえ》を通《とお》ったことはある」

――正確《せいかく》には本屋《ほんや》じゃなくて、古本屋《ふるほんや》だ。

駅前《えきまえ》にある大《おお》きな本屋《ほんや》と比《くら》べると、旅人堂《たびびとどう》はずいぶんと小《ちい》さな店《みせ》だった。正直《しょうじき》に言《い》うと、僕《ぼく》は一度《いちど》も入《はい》ったことがない。

――変《か》わってないな。

店《みせ》の前《まえ》に来《く》ると、コースケは懐《なつ》かしそうに言《い》った。

狭《せま》い店《みせ》の中《なか》には本《ほん》がぎっしりと並《なら》んだ棚《たな》が壁《かべ》みたいに立《た》っている。どれも古《ふる》そうな本《ほん》ばかりだ。古《ふる》い紙《かみ》の匂《にお》いがして、これもいつも行《い》く本屋《ほんや》とは違《ちが》っていた。僕《ぼく》は店《みせ》の前《まえ》でちょっと足《あし》を止《と》めてしまう。でもコースケはおかまいなしに中《なか》に入《はい》っていった。

「あ、待《ま》ってよ」

僕《ぼく》も中《なか》に入《はい》る。すると、

「犬《いぬ》はお断《ことわ》りだ」

店《みせ》の奥《おく》から声《こえ》がした。僕《ぼく》は思《おも》わず立《た》ち止《ど》まる。

——気《き》にしなくていい。

コースケはかまわずに入《はい》っていく。僕《ぼく》はびくびくしながら進《すす》んだ。

店《みせ》の一番奥《いちばんおく》にあるカウンターに太《ふと》った男《おとこ》のひとが座《すわ》っていた。剃《そ》っているのか生《は》えていないのか髪《かみ》の毛《け》が一本《いっぽん》もない。そのかわり鼻《はな》の下《した》と顎《あご》に白髪《しらが》まじりのヒゲが生《は》えている。丸《まる》いフレームの眼鏡《めがね》をかけて紺色《こんいろ》の和風《わふう》の服《ふく》——たしか作務衣《さむえ》って言《い》ったっけ——を着《き》ていた。

あ、と思《おも》った。このひと、見《み》たことある。たしか、父《とう》さんの葬式《そうしき》に来《き》てた。

「聞《き》こえなかったか。犬《いぬ》はお断《ことわ》りだ」

男《おとこ》のひとは僕《ぼく》をにらんだ。

「ごめんなさい。あの……」

僕《ぼく》はどうしたらいいのかわからなくて黙《だま》った。

——名前《なまえ》を言《い》うんだ。

コースケが教《おし》えてくれた。僕《ぼく》は自分《じぶん》の名前《なまえ》を言《い》った。

「桜山《さくらやま》？　もしかしてあんた、耕助《こうすけ》の息子《むすこ》か」

「そうです」

「そうか！　そうかそうか！」

急《きゅう》に男《おとこ》のひとの顔付《かおつ》きが柔《やわ》らかくなった。

「ということは、この犬《いぬ》はあんたのところの犬《いぬ》なんだな？　たしかクララとか言《い》った」

「いいえ。クララはこの子《こ》のお母《かあ》さんです。この子《こ》の名前《なまえ》はコースケといいます」

「コースケ！　あいつの名前《なまえ》をもらったのか。そりゃいい」

男《おとこ》のひとは笑《わら》いだした。

「あいつ、昔《むかし》から『人間《にんげん》より犬《いぬ》のほうが気楽《きらく》でいい。いっそ犬《いぬ》に生《う》まれ変《か》わりたい』って言《い》ってたからな。もしかして願《ねが》いがかなったか」

「え？　なんで知《し》ってるんですか⁉」

僕《ぼく》はびっくりした。

「ん？　知《し》ってるって、何《なに》が？」

逆《ぎゃく》にきかれた。どうやら今《いま》のはただの冗談《じょうだん》だったみたいだ。

「あ、いいえ。何《なん》でもないです。あの、父《とう》さんの知《し》り合《あ》いなんですか」

「知《し》り合《あ》いも知《し》り合《あ》い。あんたくらいの年頃《としごろ》からの付《つ》き合《あ》いだ。幼《おさな》なじみってやつだな」

そう言《い》って男《おとこ》のひとは僕《ぼく》に一枚《まい》の名刺《めいし》を差《さ》し出《だ》した。そこには「旅人堂《たびびとどう》三代目《だいめ》主人《しゅじん》　青葉《あおば》太郎月《たろうづき》」と書《か》かれていた。

「たろう……つき?」

「『つき』じゃない『づき』だ。太郎月《たろうづき》。一月《がつ》の別名《べつめい》だ。俺《おれ》は一月生《がつう》まれだからそれを俳号《はいごう》にした」

「はいごう?」

「俳句《はいく》を詠《よ》むときのペンネームだよ」

さすが古本屋《ふるほんや》の主人《しゅじん》、知《し》らない言葉《ことば》がどんどん出《で》てくる。僕《ぼく》は少《すこ》し困《こま》りながらコースケを見《み》た。これから、どうすればいいんだよ?

——俺《おれ》の言《い》ったとおりに言《い》え。まず、「見《み》てほしいものがある」って。

言《い》われたとおり、コースケの言葉《ことば》を自分《じぶん》で言《い》った。

「見《み》てほしい?　どんなことだね?」

「これなんですけど」

僕《ぼく》は持《も》ってきた赤《あか》い野球帽《やきゅうぼう》を差《さ》し出《だ》した。

郵 便 は が き

おそれいりますが切手をお貼り下さい

104-8011

朝日新聞出版　生活・文化編集部

ジュニア部門　係

お名前《なまえ》			ペンネーム	※本名《ほんみょう》でも可《か》	
ご住所《じゅうしょ》	〒				
Eメール					
学年《がくねん》	年《ねん》	年齢《ねんれい》	才《さい》	性別《せいべつ》	
好《す》きな本《ほん》					

※ご提供《ていきょう》いただいた情報《じょうほう》は、個人情報《こじんじょうほう》を含《ふく》まない統計的《とうけいてき》な資料《しりょう》の作成等《さくせいなど》に使用《しよう》いたします。その他《た》の利用《りよう》について詳《くわ》しくは、当社《とうしゃ》ホームページ https://publications.asahi.com/company/privacy/ をご覧下《らんくだ》さい。

☆本《ほん》の感想《かんそう》、似顔絵《にがおえ》など、好《す》きなことを書《か》いてね！

ご感想《かんそう》を広告《こうこく》、書籍《しょせき》のPRに使用《しよう》させていただいてもよろしいでしょうか？

1．実名《じつめい》で可《か》　　2．匿名《とくめい》で可《か》　　3．不可《ふか》

「ああ、フィラデルフィア・フィリーズの帽子《ぼうし》だな」

青葉《あおば》さんは一目《ひとめ》ですぐに答《こた》えた。

「知《し》ってるんですか。ファンなんですか」

「いや、俺《おれ》はメジャーリーグならオークランド・アスレチックスのほうが好《す》きかな」

――あいかわらず、弱《よわ》いチームを応援《おうえん》するのが好《す》きだな。

コースケが苦笑《くしょう》するように言《い》う。もちろん青葉《あおば》さんには聞《き》こえていない。僕《ぼく》から野球帽《やきゅうぼう》を受《う》け取《と》って、まじまじと見《み》つめている。

「これ、誰《だれ》のものかわかりますか」

とりあえずコースケの言《い》うとおりにしゃべったけど、ちょっとびっくりした。いくらなんでも帽子《ぼうし》を見《み》ただけで持《も》ち主《ぬし》がわかるなんてこと、あるのかな?

青葉《あおば》さんは眼鏡《めがね》を外《はず》し、帽子《ぼうし》に目《め》を近《ちか》づけて引《ひ》っくり返《かえ》したりして見《み》つめている。そして言《い》った。

「トシのだな」

「え?　誰《だれ》?」

「山形年彦《やまがたとしひこ》、通称《つうしょう》トシ。古《ふる》くからのフィリーズファンだ」

「本当《ほんとう》にそのひとの帽子《ぼうし》なんですか」

僕《ぼく》が疑《うたが》いながらきくと、青葉《あおば》さんは帽子《ぼうし》を裏返《うらがえ》して見《み》せた。

「この帽子《ぼうし》の縁《ふち》、ここに小《ちい》さく『t』の字《じ》が書《か》いてあるだろ。これが証拠《しょうこ》だ。トシはいつも、ここに自分《じぶん》のイニシャルを書《か》いてた」

言《い》われたとおり、そこには「t」の文字《もじ》が書《か》かれている。最初《さいしょ》に帽子《ぼうし》を調《しら》べたときには汚《よご》れかと思《おも》って気《き》にしていなかった。

――青葉《あおば》は伏城市《ふしぎし》のメジャーリーグファンの間《あいだ》では顔《かお》が広《ひろ》いんだ。だから彼《かれ》にきけばわかると思《おも》ってた。

コースケが言《い》う。

「でも、落《お》としたのが伏城《ふしぎ》のひとじゃなかったとしたら、どうしたの？」

僕《ぼく》は思《おも》わずたずねた。

「あん？　何《なん》だって？」

案《あん》の定《じょう》、青葉《あおば》さんに聞《き》きとがめられる。

「いえ、なんでもないです」

慌《あわ》ててごまかした。

——もちろん、持《も》ち主《ぬし》のことを青葉《あおば》が知《し》らない可能性《かのうせい》もあった。

コースケが言《い》った。

——ここにはダメもとで来《き》てみたんだよ。でもよかった。先頭打者初球《せんとうだしゃしょきゅう》ホームランってとこだな。凱斗《かいと》、山形《やまがた》ってひとの家《いえ》を聞《き》け。

「あ、そうだった。青葉《あおば》さん、その山形年彦《やまがたとしひこ》ってひと、どこにいるんですか」

僕《ぼく》がたずねると、青葉《あおば》さんは天井《てんじょう》を指差《ゆびさ》した。

「あいつはいい奴《やつ》だったから、きっと天国《てんごく》にいるはずだよ」

「天国《てんごく》？」

「二年前《ねんまえ》に死《し》んだんだ」

「え……」

僕《ぼく》は言葉《ことば》を失《うしな》った。持《も》ち主《ぬし》が死《し》んでる？

「本当《ほんとう》ですか」

「嘘《うそ》なんかつくもんか。君《きみ》のお父《とう》さんの葬式《そうしき》の翌年《よくねん》だったから、よく覚《おぼ》えてるよ」

「そんな……じゃあ、これをかぶってた若《わか》い男《おとこ》のひとって、誰《だれ》なんだ？」

せっかくつかめたと思《おも》った手《て》がかりが消《き》えてしまって、僕《ぼく》はがっかりしてしまった。すると青葉《あおば》さんが言《い》った。

「ああ、それなら孫《まご》だな。たしかトシに教育《きょういく》されて孫《まご》もフィリーズのファンになったと聞《き》いたぞ」

「それだ！」

僕《ぼく》は思《おも》わず叫《さけ》んだ。

「その、山形《やまがた》さんってひとの家《いえ》を教《おし》えてください。お願《ねが》いします！」

4　野球帽《やきゅうぼう》の持《も》ち主《ぬし》

「わあ！　これ、探《さが》してたんです！　おじいちゃんの形見《かたみ》だから」

山形年彦《やまがたとしひこ》さんの孫《まご》の輝也《てるや》さんは僕《ぼく》が差《さ》し出《だ》した野球帽《やきゅうぼう》を見《み》るなり、嬉《うれ》しそうに声《こえ》をあげた。

僕《ぼく》はコースケと一緒《いっしょ》に青葉《あおば》さんから教《おし》えられた山形《やまがた》さんの家《いえ》を訪《おとず》れたのだった。輝也《てるや》さんは家《いえ》の外《そと》に出《で》てきて話《はなし》をしてくれている。

「駅前《えきまえ》の歩道橋《ほどうきょう》で女《おんな》のひとを助《たす》けたときに落《お》としたんですよね？」

僕《ぼく》がたずねると、

「そうそう！　助《たす》けたっていうより倒《たお》れたそのひとの下敷《したじ》きになっちゃっただけなんですけどね。だから逆《ぎゃく》に恥《は》ずかしくなっちゃって大急《おおいそ》ぎでその場《ば》から逃《に》げ出《だ》したんです。それで帽《ぼう》子《し》を落《お》としたのに気付《きづ》かなくて。でも見《み》つかってよかった！　ありがとうございます」

輝也《てるや》さんは僕《ぼく》に深々《ふかぶか》と頭《あたま》を下《さ》げた。年下《としした》の僕《ぼく》にも丁寧《ていねい》な言葉《ことば》づかいをする。気《き》の優《やさ》しいひとなんだなと思《おも》った。

「いえ、これは僕《ぼく》じゃなくて輝也《てるや》さんが助《たす》けた武本《たけもと》さんが持《も》っていたんです。ちゃんと返《かえ》してお礼《れい》を言《い》いたいって」

「そんなあ。お礼《れい》なんていいのに」

輝也《てるや》さんは恥《は》ずかしそうに言《い》う。武本《たけもと》さんが心配《しんぱい》していた怪我《けが》もしていないようだ。よかった。

でもそんな彼《かれ》にきかなければならないことがある。そう、時計店《とけいてん》を襲《おそ》った強盗犯《ごうとうはん》のことだ。こんな優《やさ》しいひとが強盗《ごうとう》の関係者《かんけいしゃ》とは思《おも》いたくないけど。

心《こころ》を決《き》めて質問《しつもん》しようとしたとき、輝也《てるや》さんが先《さき》に言《い》った。

「本当《ほんとう》に幸運《こううん》な帽子《ぼうし》です。二度《にど》もなくしたのに、二度《にど》とも返《かえ》ってくるなんて」

「二度《にど》？　どういうことなんですか」

「武本《たけもと》さんを助《たす》けた前《まえ》の日《ひ》にもね、この帽子《ぼうし》をなくしちゃったんですよ。大学《だいがく》か、その後《あと》に行《い》った喫茶店《きっさてん》か、それとも電車《でんしゃ》の中《なか》に忘《わす》れたのかと思《おも》って大《おお》あわてで探《さが》したけど見《み》つからなくて」

「でも、見《み》つかったんですね？」

「そう。友達《ともだち》が届《とど》けてくれて。道《みち》に落《お》ちてたって、届《とど》けてくれたんです」

――それ、先週《せんしゅう》の木曜《もくよう》なんだな？　友達《ともだち》とやらが届《とど》けてくれたのは何時《なんじ》だ？

コースケがたずねてきたので、同《おな》じ質問《しつもん》をした。

「そう、木曜日《もくようび》でした。時間《じかん》は……たしか午後《ごご》三時《じ》くらいだったと思《おも》います」

午後《ごご》三時《じ》か。僕《ぼく》は頭《あたま》の中《なか》に時間経過《じかんけいか》の表《ひょう》を作《つく》ってみた。

時計店《とけいてん》が襲《おそ》われたのは午後《ごご》二時《じ》すぎ。

帽子《ぼうし》が輝也《てるや》さんの手《て》に戻《もど》ったのが午後《ごご》三時《じ》ごろ。

武本《たけもと》さんが輝也《てるや》さんに助《たす》けられたのが午後《ごご》六時《じ》すぎ。

うん、間違《まちが》いない。

――帽子《ぼうし》を届《とど》けてくれた友達《ともだち》のことをきけ。

コースケに言《い》われなくてもきくつもりだったよ。

「同《おな》じ伏《ふし》城《ぎ》大学《だいがく》に通《かよ》ってる西林竜也《にしばやしたつや》って子《こ》です。本当《ほんとう》は友達《ともだち》って言《い》っていいのかわからないんだけど」

「どういうことですか」

「大学《だいがく》でもあんまり話《はなし》をしたことなかったんですよね。でも先週《せんしゅう》あたりから急《きゅう》に話《はな》しかけてくれたりして。僕《ぼく》、大学《だいがく》で親《した》しくしてるひとがあんまりいないから、ちょっと嬉《うれ》しくて」

輝也《てるや》さんは照《て》れたように言《い》う。

――その西林《にしばやし》って学生《がくせい》、今《いま》でも親《した》しくしてくれてるのかな？

「えっと……今週《こんしゅう》は、そんなに話《はな》してないかな。他《ほか》の友達《ともだち》と仲良《なかよ》くしてるみたいだし」

――つまり、先週《せんしゅう》だけ彼《かれ》に接近《せっきん》してたんだな。あ、これは彼《かれ》に言《い》わなくていいぞ。

コースケはそう言《い》って、自分《じぶん》の鼻《はな》をなめた。

――西林《にしばやし》って、どんな学生《がくせい》だかきいてくれ。

僕《ぼく》はコースケの通訳《つうやく》をする。すると輝也《てるや》さんは首《くび》を傾《かし》げて、

「どんなって……僕《ぼく》と違《ちが》って友達《ともだち》の多《おお》い、派手《はで》な子《こ》ですね。話《はなし》がうまくて積極的《せっきょくてき》で、僕《ぼく》や牧野《まきの》さんとかにも話《はな》しかけてくるんです」

「牧野《まきの》さんって？」

「同《おな》じ大学《だいがく》の学生《がくせい》で、僕《ぼく》の……恋人《こいびと》です」

輝也《てるや》さんは顔《かお》を真《ま》っ赤《か》にした。

「恋人《こいびと》がいるんだ」

僕《ぼく》は思《おも》わず言《い》ってしまった。輝也《てるや》さんの顔《かお》がますます赤《あか》くなる。恥《は》ずかしがり屋《や》なのに「恋人《こいびと》」なんてことはあっさり言《い》えちゃうんだな、このひと。

——なるほどな。

コースケが小《ちい》さくうなずいた。

「おや？　どうしてここに？」

いきなり声《こえ》がした。振《ふ》り返《かえ》ると、そこには新藤刑事《しんどうけいじ》が立《た》っていた。

「新藤《しんどう》さん？　どうして？」

「こちらこそききたいよ。どうしてここにいるんだね？」

「あ、僕《ぼく》は……」

どう説明《せつめい》しようかと考《かんが》えているうちに、新藤《しんどう》さんが先《さき》に言《い》った。

「まあいい。俺《おれ》は山形輝也《やまがたてるや》という人物《じんぶつ》に用事《ようじ》があるんだ」

「それ、僕《ぼく》ですけど」

輝也《てるや》さんが言《い》うと、新藤《しんどう》さんは鋭《するど》い目付《めつ》きを彼《かれ》に向《む》けて、それから彼《かれ》が持《も》っている野球《やきゅう》帽《ぼう》を見《み》た。

「その帽子《ぼうし》、君《きみ》のかね？」

「今《いま》はそうです」

「今《いま》は？　どういうことだね？」

「祖父《そふ》の形見《かたみ》なんです」

「なるほど。とにかく今《いま》は君《きみ》のものなんだな。じつは赤《あか》い野球《やきゅう》帽《ぼう》をかぶった人物《じんぶつ》を捜《さが》しているんだが、警察《けいさつ》に君《きみ》が野球《やきゅう》帽《ぼう》を持《も》っていると通報《つうほう》があってね。話《はなし》を聞《き》かせてもらいたいんだ。一緒《いっしょ》に来《き》てくれるかな？」

「えっと……」

いきなり警察《けいさつ》に同行《どうこう》を求《もと》められた輝也《てるや》さんはびっくりして言葉《ことば》が出《で》ないようだった。

まずい。このままだと輝也《てるや》さんが疑《うたが》われてしまう。僕《ぼく》は言《い》った。

「新藤《しんどう》さん、違《ちが》うんです。輝也《てるや》さんは犯人《はんにん》じゃありません」

「どうしてそんなことがわかるんだね？」

疑《うたが》わしそうに訊《き》いてくる新藤《しんどう》さんに、僕《ぼく》は輝也《てるや》さんから聞《き》いたことを話《はな》した。

「強盗《ごうとう》が時計店《とけいてん》を襲《おそ》ったとき、輝也《てるや》さんはこの野球帽《やきゅうぼう》を持《も》っていなかったからです。その時間《じかん》には別《べつ》のひとが持《も》ってました。そのひとが怪《あや》しいと思《おも》います」

「それは誰《だれ》だね？」

新藤《しんどう》さんがたずねてくる。僕《ぼく》は答《こた》えた。

「西林竜也《にしばやしたつや》という大学生《だいがくせい》です。彼《かれ》のことを調《しら》べてください」

5　解決《かいけつ》

「このたびは、本当《ほんとう》にありがとうございました」

再《ふたた》び桜山探偵事務所《さくらやまたんていじむしょ》を訪《おとず》れた武本《たけもと》さんは、母《かあ》さんと僕《ぼく》に深々《ふかぶか》と頭《あたま》を下《さ》げた。

「おかげさまで、恩人《おんじん》の山形《やまがた》さんに会《あ》ってお礼《れい》を言《い》うことができました。なにもかも、桜《さくら》山《やま》さんにお願《ねが》いしていなければ、かなわないことでした」

「あ、はい。どういたしまして」

母《かあ》さんの返事《へんじ》はぎこちない。

「そのうえ、僕《ぼく》にかけられた強盗犯《ごうとうはん》の疑《うたが》いまで晴《は》らしてくださって、本当《ほんとう》にお礼《れい》の言葉《ことば》もありません」

武本《たけもと》さんの隣《となり》に座《すわ》った輝也《てるや》さんも、僕《ぼく》たちに頭《あたま》を下《さ》げた。

「それは……よかったですね」

母《かあ》さんは少《すこ》し困《こま》ったような笑顔《えがお》で言葉《ことば》を返《かえ》し、それから僕《ぼく》にそっと耳打《みみう》ちした。

「どういうことなの？　どうやって野球帽《やきゅうぼう》の持《も》ち主《ぬし》を見《み》つけたの。それとどうやってこの山形《やまがた》ってひとの濡《ぬ》れ衣《ぎぬ》を晴《は》らしたの？」

「それは、後《あと》で説明《せつめい》するよ」

僕《ぼく》も小声《こごえ》でささやいて、それから隣《となり》に座《すわ》っているコースケを見《み》た。コースケは知《し》らん顔《かお》をして寝《ね》たふりをしている。

「さっき、新藤《しんどう》って刑事《けいじ》さんから連絡《れんらく》がありました。西林《にしばやし》が逮捕《たいほ》されたって」

輝也《てるや》さんが言《い》った。

「彼《かれ》が盗《ぬす》んだ時計《とけい》をネットのオークションで売《う》ろうとしているのを警察《けいさつ》が見《み》つけたそうです。そういうの、簡単《かんたん》にバレちゃうんですね」

そう言《い》ってから、輝也《てるや》さんは首《くび》を傾《かし》げる。

「でも僕《ぼく》、どうしてもわからないんです。なぜ西林《にしばやし》は僕《ぼく》の野球帽《やきゅうぼう》を盗《ぬす》んでまで、強盗犯《ごうとうはん》の濡《ぬ》れ衣《ぎぬ》を着《き》せようとしたんでしょうか」

「それは……」

答《こた》えようとしたけど、僕《ぼく》もよくわかっていなかった。なぜなんだろう？

——牧野《まきの》さんだよ。

そのとき、コースケの声《こえ》がした。やっぱり寝《ね》たふりをしているだけみたいだ。

「どうして？」

——西林《にしばやし》は山形君《やまがたくん》を犯人《はんにん》に仕立《した》て上《あ》げ、牧野《まきの》さんと別《わか》れさせようとしたのさ。

——そりゃ、自分《じぶん》の恋人《こいびと》にしたかったからだろうさ。

「そうなの？　ひどいやつだね」

「何《なに》が『ひどい』んですか」

輝也《てるや》さんがたずねてきたので、僕《ぼく》はコースケの話《はな》したとおりに説明《せつめい》した。

「そんな——」

輝也《てるや》さんが驚《おどろ》きの声《こえ》をもらすと、

「そんなこと、許《ゆる》せません！」

武本《たけもと》さんが怒《おこ》りだした。

「そのような卑劣《ひれつ》な悪事《あくじ》、断《だん》じて許《ゆる》されませんわ！」

「ええ、そうですわね」

母《かあ》さんはうなずく。まだよく事情《じじょう》がわかっていないみたいだったけど。

「でも、全部解決《ぜんぶかいけつ》したから、結果的《けっかてき》にはよかったと思《おも》います」

僕《ぼく》は言《い》った。

「そうですわね。よかったと思《おも》います」

武本《たけもと》さんも落《お》ち着《つ》いたようだった。

ふたりが帰《かえ》った後《あと》、お礼《れい》にともらった月桂堂《げっけいどう》のケーキを食《た》べながら（これ、僕《ぼく》、大好《だいす》き！）母《かあ》さんにこれまでのことを話《はな》した。

「そんなことがあったの⁉」

母《かあ》さんは目《め》を丸《まる》くして驚《おどろ》いている。

「でも凱斗《かいと》、あなたよく事件《じけん》を解決《かいけつ》できたわね。すごいわ」

「いや、それほどでも……」

解決《かいけつ》したのはいつものようにコースケのおかげだから、あんまり自慢《じまん》できない。でもコースケのことは母《かあ》さんに話《はな》せないから、僕《ぼく》が解決《かいけつ》したことにしないといけない。面倒《めんどう》だ。これってジレンマってやつなのかな？

「でも、今回《こんかい》は輝也《てるや》さん、とんだ災難《さいなん》だったよね。大事《だいじ》な帽子《ぼうし》を二度《にど》もなくすし、強盗《ごうとう》の濡《ぬ》れ衣《ぎぬ》を着《き》せられそうになるし」

褒《ほ》められつづけると恥《は》ずかしいから話題《わだい》を変《か》えてみた。すると母《かあ》さんは、

「でも、武本《たけもと》さんを助《たす》けたときに帽子《ぼうし》をなくしたのは、あながち悪《わる》いことではなかったかもよ」

と言《い》った。

「え？　どうして？」

僕《ぼく》がたずねると、

「だって、武本《たけもと》さんが帽子《ぼうし》を拾《ひろ》って持《も》ち主《ぬし》を捜《さが》そうとしたから、凱斗《かいと》が山形《やまがた》さんを見《み》つけて、西林《にしばやし》って大学生《だいがくせい》の悪《わる》だくみを暴《あば》くことができたんじゃない。そう思《おも》うと、このことだけは運《うん》が良《よ》かったと言《い》えるかもしれないわね。それと、武本《たけもと》さんが助《たす》けを求《もと》めたのが我《わ》が桜山探偵事務所《さくらやまたんていじむしょ》だったことも、幸運《こううん》だったと思《おも》うわよ。少年名探偵桜山凱斗《しょうねんめいたんていさくらやまかいと》に会《あ》えたんだもの」

「名探偵《めいたんてい》って……」

僕《ぼく》は恥《は》ずかしくなって足元《あしもと》にいるコースケを見《み》た。

――照《て》れるんじゃないよ名探偵《めいたんてい》。

コースケがからかうみたいに言《い》った。

「うるさいな。ケーキあげないぞ」

僕《ぼく》が言《い》い返《かえ》すと、コースケはペロリと舌《した》を出《だ》した。

――それは困《こま》る。一口《ひとくち》でいいから、くれ。

第《だい》三話《わ》

教《きょう》室《しつ》の暗《あん》号《ごう》

1　朝早《あさはや》くの教室《きょうしつ》で

質問《しつもん》。

みんなの通《かよ》ってる学校《がっこう》のクラスって、どういう名前《なまえ》が付《つ》けられてるかな？

一組《くみ》、二組《くみ》、三組《くみ》、みたいな数字《すうじ》？

A組《ぐみ》、B組《ぐみ》、C組《ぐみ》、みたいなアルファベット？

たぶん多《おお》くの学校《がっこう》が、このふたつのどちらかで組分《くみわ》けをしているんだろうね。

でも、僕《ぼく》が通《かよ》っている伏城市立時告中学校《ふしぎしりつときつげちゅうがっこう》のクラス名《めい》は、ちょっと変《か》わっている。

表向《おもてむ》きは「A組《ぐみ》、B組《ぐみ》、C組《ぐみ》…」と呼《よ》ばれているんだけど、それぞれのクラスには別《べつ》の名《な》前《まえ》がある。

一年《ねん》はA組《ぐみ》が鯱組《しゃちぐみ》、B組《ぐみ》が犀組《さいぐみ》、C組《ぐみ》が鰐組《わにぐみ》、D組《ぐみ》が鹿組《しかぐみ》、E組《ぐみ》が豹組《ひょうぐみ》、と動物《どうぶつ》の名前《なまえ》。

二年《ねん》はA組《ぐみ》が藤組《ふじぐみ》、B組《ぐみ》が茜組《あかねぐみ》、C組《ぐみ》が蓬組《よもぎぐみ》、D組《ぐみ》が桐組《きりぐみ》、E組《ぐみ》が笹組《ささぐみ》、と植物《しょくぶつ》の名前《なまえ》。

三年《ねん》はA組《ぐみ》が青組《あおぐみ》、B組《ぐみ》が黄組《きぐみ》、C組《ぐみ》が碧組《みどりぐみ》、D組《ぐみ》が紅組《あかぐみ》、E組《ぐみ》が黒組《くろぐみ》、と色《いろ》の名前《なまえ》。

へんてこだよね。中学《ちゅうがく》じゃ習《なら》わないような難《むずか》しい漢字《かんじ》ばかりだし。

こういうところも、伏城市《ふしぎし》が不思議《ふしぎ》な市《し》と呼《よ》ばれる理由《りゆう》なんだろうと思《おも》う。

入学《にゅうがく》したばかりのとき、先生《せんせい》に「この学校《がっこう》のクラス名《めい》は、どうしてこんな変《へん》な別名《べつめい》が付《つ》いているんですか」ときいてみた。そしたら先生《せんせい》が、

「どうしてでしょうねえ……」

と、困《こま》った顔《かお》をした。どうやら先生方《せんせいがた》も理由《りゆう》を知《し》らないらしい。

僕《ぼく》は今《いま》、一年《ねん》A組《ぐみ》、つまり鯱組《しゃちぐみ》だ。

鯱《しゃちほこ》って日本《にほん》のお城《しろ》の屋根《やね》にのっている逆立《さかだ》ちした魚《さかな》みたいなの、ではなくて、クジラの仲《なか》間《ま》のシャチのことらしい。海《うみ》のギャングって呼《よ》ばれるくらい強《つよ》くて怖《こわ》いんだって。だから「何組《なんくみ》?」と訊《き》かれて「鯱組《しゃちぐみ》です」って答《こた》えるの、ちょっとだけ誇《ほこ》らしい気持《きも》ちになる。

あ、そういう理由《りゆう》もあってクラス名《めい》があんななのかな。でも三年《ねん》の黒組《くろぐみ》なんて悪《わる》いことをする集《あつ》まりみたいでイメージ良《よ》くないよね。

うーん、考《かんが》えれば考《かんが》えるほど、どうしてこんなややこしいことをしたんだろうって思《おも》う。普通《ふつう》に一組《くみ》とかA組《ぐみ》とかって名前《なまえ》だけにしてもらえないだろうか。今度津内市長《こんどつないしちょう》に会《あ》ったら頼《たの》んでみようと思《おも》うけど、今《いま》のところは鯱組《しゃちぐみ》の生徒《せいと》と名乗《なの》らなくてはならない。

でもひとつだけ、こういうクラス名《めい》で良《よ》かったなと思《おも》うことがある。クラス章《しょう》だ。鰐組《わにぐみ》なら鰐《わに》を、藤組《ふじぐみ》なら藤《ふじ》を図案化《ずあんか》した、なかなかかっこいいバッジなんだけど、鯱組《しゃちぐみ》はその中《なか》

でも一番《いちばん》デザインがいい、と僕《ぼく》は思《おも》っている。鯱《しゃち》を横《よこ》から見《み》た形《かたち》なんだけど、なんかいいんだよ。

そんなかっこいいクラス章《しょう》と同《おな》じ図案《ずあん》が校舎《こうしゃ》一階《かい》の鯱組教室《しゃちぐみきょうしつ》のクラスプレートにも描《えが》かれているのを、僕《ぼく》は見上《みあ》げていた。

時間《じかん》は午前《ごぜん》八時《じ》ちょうど。始業時間《しぎょうじかん》は八時半《じはん》だから、ちょっと早《はや》めだ。でも僕《ぼく》はいつもこの時間《じかん》に教室《きょうしつ》に到着《とうちゃく》する。自慢《じまん》ではないけどクラスの中《なか》でも早《はや》いほうだった。

教室《きょうしつ》のドアを開《あ》けると、僕《ぼく》より先《さき》に教室《きょうしつ》に来《き》ていたのは三人《にん》だった。みんな集《あつ》まって黒板《こくばん》を見《み》つめているみたいだった。

「おはよう」

声《こえ》をかけると、三人《にん》が一斉《いっせい》に振《ふ》り向《む》いた。

「おはよう」

最初《さいしょ》に返事《へんじ》をしたのは高塚公平《たかつかこうへい》だった。サッカーが得意《とくい》で、クラスで一番背《いちばんせ》が高《たか》い。

「おはよう」

続《つづ》いたのは滝川怜奈《たきがわれな》だった。この前《まえ》の英語《えいご》のテストが学年《がくねん》で一番《いちばん》だったたって噂《うわさ》を聞《き》いた。

「おはよ！」

ちょっとおどけるように言《い》ったのは坂元悠太《さかもとゆうた》。僕《ぼく》の小学校《しょうがっこう》からの友達《ともだち》だ。彼《かれ》だけはとなりのクラス。

「どうしてみんな、そこに集《あつ》まってるの？」

僕《ぼく》がたずねると、三人《にん》は黒板《こくばん》から少《すこ》し離《はな》れた。彼《かれ》らの陰《かげ》になっていた部分《ぶぶん》が見《み》えた。何《なに》か書《か》いてあるみたいだ。

「これについて話《はな》していたんだ」

高塚《たかつか》が言《い》った。

「これって？」

僕《ぼく》も黒板《こくばん》に近付《ちかづ》いてみる。チョークで、

WKLV LV D
EODFNERDUG

という英語《えいご》（?）が書《か》かれていた。

「これ何《なに》?　なんて読《よ》むの?」

「読《よ》めない」

滝川《たきがわ》が答《こた》える。

「こんな英単語《えいたんご》、ないよ。でたらめ」

「でたらめ?　そんなもの、誰《だれ》が書《か》いたの?　滝川《たきがわ》さん?」

英語《えいご》が得意《とくい》だから彼女《かのじょ》かなって思《おも》ってきいてみると、

「わたしじゃない。わたしが教室《きょうしつ》に来《き》たときにはもう、ここに書《か》いてあった」

滝川《たきがわ》は首《くび》を振《ふ》った。

「俺《おれ》でもないよ」

悠太《ゆうた》が答《こた》える。

「俺《おれ》、こんな難《むずか》しい英語《えいご》、書《か》けない。クラス違《ちが》うし」

「僕《ぼく》も書《か》いていない」

続《つづ》けて高塚《たかつか》が言《い》った。

「三人《にん》とも違《ちが》うの?　じゃあ誰《だれ》が書《か》いたんだろう」

僕《ぼく》が首《くび》をひねると、

「昨日《きのう》のうちに誰《だれ》かが書《か》いたんじゃない？」

滝川《たきがわ》が言《い》うので、今度《こんど》は僕《ぼく》が首《くび》を振《ふ》る。

「それはない。絶対《ぜったい》にありえない」

「どうしてそう言《い》い切《き》れるんだ？」

高塚《たかつか》がきいてきたので、僕《ぼく》は答《こた》えた。

「だって僕《ぼく》、昨日日直《きのうにっちょく》だったんだもん」

日直《にっちょく》の仕事《しごと》はいろいろある。始業前《しぎょうまえ》に職員室《しょくいんしつ》に行《い》って教室《きょうしつ》の鍵《かぎ》を取《と》ってきたり、日誌《にっし》を書《か》いたり、移動教室《いどうきょうしつ》のときは窓《まど》やドアがちゃんと閉《し》まっているか最後《さいご》に確認《かくにん》したり。その中《なか》でも大事《だいじ》な仕事《しごと》が、黒板《こくばん》をきれいにすることだ。授業《じゅぎょう》の後《あと》、日直《にっちょく》が黒板消《こくばんけ》しで先生《せんせい》の書《か》いたチョークの文字《もじ》を消《け》しておく。一日《にち》の授業《じゅぎょう》の終《お》わりにはもう一度黒板《いちどこくばん》をきれいにして、教室《きょうしつ》の戸締《とじ》まりをして鍵《かぎ》を職員室《しょくいんしつ》に返《かえ》す。つまり日直《にっちょく》が一番早《いちばんはや》く教室《きょうしつ》に来《き》て、一番最《いちばんさい》後《ご》に帰《かえ》るんだ。

「昨日《きのう》、ちゃんと黒板《こくばん》をきれいにして何《なに》も書《か》かれてないことを確認《かくにん》してる。今日《きょう》の日直《にっちょく》は滝川《たきがわ》さんだよね？」

「そう。だからわたしが一番最初《いちばんさいしょ》に教室《きょうしつ》に来《き》たの。職員室《しょくいんしつ》から鍵《かぎ》を持《も》ってきてドアを開《あ》けた。そしたら黒板《こくばん》にこれが書《か》かれてた」

「え？ ってことは……」

「昨日《きのう》、桜山《さくらやま》が鍵《かぎ》をかけて帰《かえ》ってから、今朝《けさ》、滝川《たきがわ》が鍵《かぎ》を開《あ》けて入《はい》るまでの間《あいだ》に誰《だれ》かがこれを書《か》いたってことだ」

高塚《たかつか》が冷静《れいせい》に問題《もんだい》を整理《せいり》した。そのとおり、僕《ぼく》が閉《し》めて滝川《たきがわ》が開《あ》けるまでの間《あいだ》に、この奇《き》妙《みょう》なアルファベットが書《か》かれた。でも、どうやって？ そして、この文字《もじ》の意味《いみ》は？

考《かんが》えている最中《さいちゅう》に、滝川《たきがわ》が黒板消《こくばんけ》しを持《も》ってきて暗号《あんごう》を消《け》そうとする。僕《ぼく》は思《おも》わず、

「あ、待《ま》って。消《け》さないで」

と止《と》めた。

「でも黒板《こくばん》をきれいにしておくのは日直《にっちょく》の仕事《しごと》だから」

滝川《たきがわ》が言《い》うのを、

「ちょっとだけ待《ま》って」

と、押《お》しとどめ、ノートにアルファベットを書《か》き写《うつ》した。

「もういい？」

「うん、いい」

滝川《たきがわ》は黒板《こくばん》の文字《もじ》を消《け》した。

2　暗号《あんごう》を解《と》く

「うーん、やっぱりわかんないなあ……」

僕《ぼく》はリビングのソファに寝《ね》ころんで、つぶやいた。

——何《なに》がわからないんだ？

ソファ下《した》のカーペットで横《よこ》になっていたコースケがたずねてきた。

「これだよ」

WKLV LV D
EODFNERDUG

僕《ぼく》は自分《じぶん》のノートを見《み》せた。今朝《けさ》、教室《きょうしつ》の黒板《こくばん》に書《か》かれていた意味不明《いみふめい》のアルファベットを書《か》き写《うつ》したものだ。ついでにこれを見《み》つけたときのことも話《はな》す。

——おまえが黒板《こくばん》をきれいにした後《あと》、教室《きょうしつ》のドアには鍵《かぎ》をかけたんだな。そして翌日《よくじつ》、朝《あさ》一番《いちばん》に来《き》た生徒《せいと》が鍵《かぎ》を開《あ》けて教室《きょうしつ》に入《はい》ったら、これが黒板《こくばん》に書《か》かれていたわけだ。

「そういうこと。どう思《おも》う？　誰《だれ》がどうやってこれを書《か》いたんだろう。それと、これは一体《いったい》何《なん》の意味《いみ》があるんだろう？　全然《ぜんぜん》わからない」

——ふむ……。

コースケは考《かんが》え込《こ》むように首《くび》をかしげていたけど、

——こういうときは、問題《もんだい》を切《き》り分《わ》けたほうがいい。アルファベットの意味《いみ》と、これがどうやって書《か》かれたかって謎《なぞ》は別々《べつべつ》に考《かんが》えるんだ。

うん、コースケの言《い》うとおりだと僕《ぼく》も思《おも》う。

——最初《さいしょ》にアルファベットの謎《なぞ》から考《かんが》えてみるか。凱斗《かいと》、直感《ちょっかん》でこれ、なんだと思《おも》う？

「暗号《あんごう》、じゃないかな」

僕《ぼく》は答《こた》えた。

「意味不明《いみふめい》に見《み》えるけど、きっと何《なに》かの意味《いみ》が隠《かく》れているような気《き》がする」

——俺《おれ》もそう思《おも》う。

コースケが同意《どうい》してくれたので、ちょっと自信《じしん》が出《で》た。

「考《かんが》えたんだけどさ、これって『換字式暗号《かえじしきあんごう》』じゃないかな。ほら、父《とう》さんが最後《さいご》に僕《ぼく》に残《のこ》した暗号《あんごう》と同《おな》じやつだよ」

——いい考《かんが》えだ。俺《おれ》もそんな気《き》がする。何《なに》かのルールに従《したが》って文字《もじ》を別《べつ》のものに置《お》きかえた暗号《あんごう》だ。

「だとしたら、そのルールがわかればすぐに解読《かいどく》できちゃうね。でも……」

——そのルールが不明《ふめい》だな。他《ほか》に何《なに》かヒントになるようなものが書《か》かれていなかったか。

「なかった。この文章《ぶんしょう》だけ」

——そうか……じゃあ、教室《きょうしつ》に何《なに》か変《か》わったことはなかったか。いつもと違《ちが》うことだ。それが暗号《あんごう》を解《と》く鍵《かぎ》になっているかもしれない。

「変《か》わったことねえ……」

僕《ぼく》は教室《きょうしつ》のことを思《おも》い出《だ》してみる。ドア、黒板《こくばん》、机《つくえ》、椅子《いす》、掲示板《けいじばん》……掲示板《けいじばん》に何《なに》か書《か》かれていたっけ？　いや、今日《きょう》は行事《ぎょうじ》を確認《かくにん》するために掲示板《けいじばん》はちゃんと見《み》た。でも、おかしなところはなかった。鍵《かぎ》は別《べつ》のところにあるんだ。でも……。

「わかんないなあ……」

僕《ぼく》は早々《そうそう》にギブアップした。

――なんだ、もうあきらめるのか。

「だってさあ、何《なん》の手《て》がかりもないいんだもん。解《と》きようがないじゃん」

――そんなこともないぞ。よく考《かんが》えろ。

「考《かんが》えろって、じゃあ父《とう》さんは解《と》けてるの？」

――ああ、解《と》けたよ。

コースケはあっさりと言《い》った。

「ほんと？　ほんとに？　教《おし》えてよ」

僕《ぼく》が頼《たの》んでも、

――もう少《すこ》し考《かんが》えろよ。

そう言《い》うだけで、教《おし》えてくれない。

「ケチ！　せめてヒントだけでも」

僕《ぼく》がせがむと、コースケは後《うし》ろ脚《あし》で自分《じぶん》の首《くび》のあたりを掻《か》きながら、

――しようがないな。暗号《あんごう》を解《と》けないのは、そのノートを見《み》ているからだよ。

「ノートのせい？　どういうこと？　僕《ぼく》が間違《まちが》えてメモしたとか思《おも》ってるの？」

——そうじゃない。最初《さいしょ》にその暗号《あんごう》を見《み》つけたときのことを思《おも》い出《だ》せ。これ以上《いじょう》のヒントはないぞ。

「だから、それだけじゃわかんないって」

僕《ぼく》がコースケに抗議《こうぎ》したとき、

「凱斗《かいと》、晩《ばん》ごはんよ」

母《かあ》さんが呼《よ》びに来《き》た。しかたなく一階《かい》に下《お》りる。

ごはんを食《た》べている間《あいだ》も、僕《ぼく》は暗号《あんごう》のことを考《かんが》えていた。正確《せいかく》には暗号《あんごう》についてコースケが言《い》ったことを考《かんが》えていたんだ。

最初《さいしょ》に暗号《あんごう》を見《み》つけたときのこと？　どういう意味《いみ》だ？　朝《あさ》、教室《きょうしつ》に行《い》って、僕《ぼく》より前《まえ》に三人《にん》がいたけど……他《ほか》に何《なに》かあったかな？　わからない。わからないぞ……。

「どうしたの？　お箸《はし》が止《と》まってるけど。食欲《しょくよく》ないの？　具合悪《ぐあいわる》い？」

母《かあ》さんに声《こえ》をかけられた。

「う、ううん。何《なん》でもない」

僕《ぼく》は母《かあ》さんが作《つく》ってくれた八宝菜《はっぽうさい》をほおばった。考《かんが》えごとに気《き》を取《と》られてたけど、おなかは空《す》いてるんだ。

でも食《た》べながらも考《かんが》えた。コースケは何《なに》を言《い》いたいんだろう？「暗号《あんごう》を解《と》けないのはノートを見《み》ているから」って、どういう意味《いみ》なんだろう？

考《かんが》えながら床《ゆか》のほうを見《み》ると、クララとコースケが並《なら》んでごはんを食《た》べていた。夢中《むちゅう》で食《た》べている様子《ようす》を見《み》ると、コースケも普通《ふつう》の犬《いぬ》と変《か》わらない。中途半端《ちゅうとはんぱ》なヒントしかくれなかったいじわるな父《とう》さんには全然《ぜんぜん》見《み》えない。なんだかちょっと、面白《おもしろ》くなかった。

「あ、そうだ」

急《きゅう》に母《かあ》さんが立《た》ち上《あ》がり、キッチンに向《む》かった。

「どうしたの？」

「八宝菜《はっぽうさい》を作《つく》るのに買《か》ってきた白菜《はくさい》とエビが余《あま》ってるからメモしておかないと」

母《かあ》さんは冷蔵庫《れいぞうこ》の扉《とびら》に小《ちい》さなホワイトボードを取《と》り付《つ》けている。そこに冷蔵庫《れいぞうこ》の中《なか》にあるもののリストを書《か》いているんだ。そうすれば中《なか》を見《み》なくても冷蔵庫《れいぞうこ》に何《なに》が残《のこ》っているかわかって、次《つぎ》の献立《こんだて》や買《か》い物《もの》の役《やく》に立《た》つんだって。

「思《おも》いついたときに書《か》いておかないと、忘《わす》れちゃうのよねえ」

そう言《い》いながら母《かあ》さんはホワイトボードにマーカーで書《か》いている。

僕《ぼく》はその様子《ようす》を見《み》ながら、ホワイトボードって日本語《にほんご》で書《か》くと「白板《はくばん》」なのかな、なんて考《かんが》えていた。

白板《はくばん》……黒板《こくばん》……。

「そうか！」

僕《ぼく》は思《おも》わず立《た》ち上《あ》がった。

「え？　何《なに》？　何《なに》が『そうか』なの？」

母《かあ》さんが驚《おどろ》いている。

「あ、何《なん》でもない」

そう言《い》って座《すわ》り直《なお》したけど、頭《あたま》の中《なか》に浮《う》かんだ思《おも》いつきに僕《ぼく》は興奮《こうふん》していた。

暗号《あんごう》を解《と》けないのは、そのノートを見《み》ているから。

最初《さいしょ》にその暗号《あんごう》を見《み》つけたときのことを思《おも》い出《だ》せ。

コースケが言《い》ったことの意味《いみ》が、やっとわかった。

「黒板《こくばん》、だね？」

僕《ぼく》はごはんを食《た》べ終《お》えて寝《ね》ころんでいるコースケに言《い》った。

「暗号《あんごう》は黒板《こくばん》に書《か》かれていた。それがきっと鍵《かぎ》なんだ」

——正解《せいかい》。

コースケは答《こた》える。

——続《つづ》けて考《かんが》えろ。でも、その前《まえ》にごはんを食《た》べちゃわないと母《かあ》さんに叱《しか》られるぞ。

「わかった」

母《かあ》さんが戻《もど》ってくる。僕《ぼく》がコースケと話《はな》していたことは気付《きづ》かれてないみたいだ。

「あら、今度《こんど》は大急《おおいそ》ぎで食《た》べてるわね。そんなにあわてなくてもいいのよ」

「あ、うん」

そう言《い》われても気持《きも》ちが急《せ》いてるんだ。さっさと食《た》べ終《お》えるとコースケを連《つ》れて自分《じぶん》の部屋《へや》に戻《もど》り、ノートを開《ひら》いた。

WKLV LV D
EODFNERDUG

暗号《あんごう》を目《め》の前《まえ》にして、さっきまでのテンションがちょっと下《さ》がった。黒板《こくばん》とこの暗号《あんごう》、どういう関係《かんけい》があるんだ?

「うーん……」

またまた考《かんが》え込《こ》んだ僕《ぼく》に、

――なんだ、まだわかってなかったのか。

コースケが馬鹿《ばか》にしたように言《い》った。

――母《かあ》さんがホワイトボードに書《か》いてるのを見《み》て「そうか!」って言《い》い出《だ》したから、てっきりみんなわかったんだと思《おも》ったんだが。

「先《さき》にわかったからってエラそうに言《い》わないでよ。もうちょっとでわかるはずなんだから」

強《つよ》がりを言《い》って、また考《かんが》える。黒板《こくばん》……黒板《こくばん》……。

そのとき、ついさっきコースケが言《い》ったことを思《おも》い出《だ》す。母《かあ》さんがホワイトボードに書《か》いてるのを見《み》て……ホワイトボード?

スマホで「黒板《こくばん》　英語《えいご》」と検索《けんさく》してみる。すぐに答《こた》えがわかった。黒板《こくばん》は思《おも》ったとおり英《えい》語《ご》で「BLACKBOARD」と書《か》く。

BLACKBOARD
⋮
EODFNERDUG

文字数《もじすう》がぴったり一致《いっち》する。これだ！

ここまでくると、ルールはすぐにわかった。

「B」↓C↓D↓「E」

「L」↓M↓N↓「O」

「A」↓B↓C↓「D」

アルファベットの並《なら》び順《じゅん》で三文字《もじ》分《ぶん》後《うし》ろにずらしているんだ。

だとすると「EODFNERDUG」の前《まえ》に書《か》かれているアルファベットも、同《おな》じルールで変《へん》換《かん》されているに違《ちが》いない。僕《ぼく》はノートに答《こた》えを書《か》き込《こ》んだ。

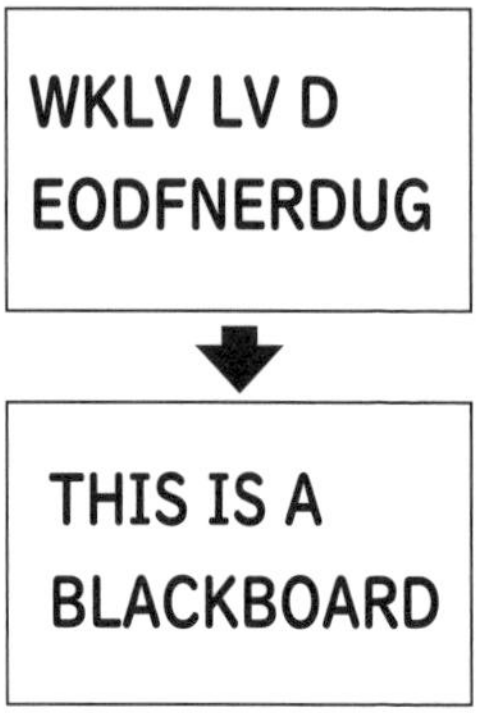
WKLV LV D
EODFNERDUG
THIS IS A
BLACKBOARD

なあんだ、と思《おも》った。解《と》けてしまえば「これは黒板《こくばん》です」なんて当《あ》たり前《まえ》のことが書《か》いてあったんだ。

「誰《だれ》が書《か》いたか知《し》らないけど、なんでこんなつまらないことを書《か》いたのかな？」

今度《こんど》はそれが気《き》になった。それと、教室《きょうしつ》が施錠《せじょう》されている間《あいだ》にどうやってこの暗号《あんごう》を書《か》いたのかも謎《なぞ》のままだ。

——返事《へんじ》をしてみれば、わかるんじゃないかな。

「返事《へんじ》？」

——そう。この暗号《あんごう》を書《か》いたひとは、誰《だれ》かに解《と》いてほしかったんだろう。おまえが解《と》いたのなら、そう伝《つた》えてやればいい。

「伝《つた》えるって言《い》っても、相手《あいて》が誰《だれ》だかわからないのに……」

言《い》いかけて、すぐに気《き》が付《つ》いた。

伝《つた》える方法《ほうほう》なら、ある。

3　凱斗《かいと》の敗北《はいぼく》

次《つぎ》の日《ひ》、僕《ぼく》はいつもより少《すこ》し早《はや》く学校《がっこう》に行《い》った。

教室《きょうしつ》に到着《とうちゃく》すると、その日《ひ》の日直《にっちょく》である吉村陸《よしむらりく》が教室《きょうしつ》の鍵《かぎ》を持《も》ってドアを開《あ》けたところだった。

「おはよう」

声《こえ》をかけると、

「あ、おはよう。早《はや》いね。まさか自分《じぶん》が日直《にっちょく》だと勘違《かんちが》いしてない?」

笑《わら》いながら教室《きょうしつ》に入《はい》っていく。僕《ぼく》も続《つづ》けて入《はい》った。

陸《りく》とは同《おな》じクラスになってから友達《ともだち》になった。頭《あたま》が良《よ》くてテストの成績《せいせき》もトップクラスだ。英語《えいご》の成績《せいせき》では滝川《たきがわ》と一番《ばん》を争《あらそ》っているらしい。といっても本人《ほんにん》はあんまり他人《たにん》と争《あらそ》う気《き》はないみたいだけど。ちなみに、このふたりは親戚《しんせき》なんだって。

「勘違《かんちが》いなんかしてないよ。やりたいことがあるんだ」

僕《ぼく》はそう答《こた》えて、スクールバッグからノートを取《と》り出《だ》す。そして黒板《こくばん》に向《む》かい、チョークを手《て》に取《と》った。

「何《なに》してるの？」

陸《りく》が声《こえ》をかけてきたけど、かまわずノートに書《か》いておいたとおりのものを黒板《こくばん》に書《か》き写《うつ》した。

L NQRZ

「黒板《こくばん》にいたずら書《が》きなんかしちゃだめだよ」

「わかってる。でも少《すこ》しの間《あいだ》だけでいいから、このままにしておいてよ。みんなが来《き》たら消《け》していいからさ」

僕《ぼく》は陸《りく》に頼《たの》み込《こ》む。

陸《りく》は僕《ぼく》が書《か》いたアルファベットを見《み》つめ、

「暗号《あんごう》かな？」

と言《い》った。さすが秀才《しゅうさい》。鋭《するど》い。

「誰《だれ》に向《む》けて書《か》いたの？」

「わからない。昨日《きのう》、ここに書《か》いてあった暗号《あんごう》の返事《へんじ》を書《か》いてみたんだ」

「なんて書《か》いてあるの？」

「『知《し》ってるよ』」

「『I KNOW』か。暗号《あんごう》の意味《いみ》なんか知《し》ってるよ、ってことか」

陸《りく》は笑《わら》った。

「始業《しぎょう》のチャイムが鳴《な》ったら消《け》しちゃうからね。それでいい？」

「うん。ありがとう」

そこへ高塚《たかつか》が入《はい》ってきた。

「おはよう。おや、今日《きょう》も何《なに》か黒板《こくばん》に書《か》いてあるの？」

「これは僕《ぼく》が書《か》いたんだ」

「桜山君《さくらやまくん》が？　どういう意味《いみ》？」

「それは謎《なぞ》を解《と》いた者《もの》にしかわからない」

「なんだよ」

高塚《たかつか》は苦笑《くしょう》する。でもそれ以上意味《いじょういみ》をきこうとはしないで自分《じぶん》の席《せき》に座《すわ》った。こういうの、あんまり興味《きょうみ》がないみたいだ。

「おっはよ」

飛《と》び込《こ》むように教室《きょうしつ》に入《はい》ってきたのは悠太《ゆうた》だった。

どうしてとなりのクラスなのにこっちに顔出《かおだ》すんだよ、と僕《ぼく》が言《い》う前《まえ》に、彼《かれ》は黒板《こくばん》を見《み》て、

「あ、また変《へん》なの書《か》いてある。妖怪《ようかい》のしわざかな」

「妖怪《ようかい》？」

「そう。妖怪《ようかい》ワケワカラン。わけのわからないことをして人間《にんげん》を驚《おどろ》かせるんだ」

「そんな妖怪《ようかい》いるの？」

陸《りく》がたずねると、

「さあね」

とぼけるように言《い》って、自分《じぶん》のクラスに帰《かえ》っていく。何《なん》なんだ？

その後《あと》も次々《つぎつぎ》と教室《きょうしつ》に生徒《せいと》が入《はい》ってくる。でも誰《だれ》も黒板《こくばん》の暗号《あんごう》について気《き》にする様子《ようす》がなかった。昨日早《きのうはや》く来《き》ていた滝川《たきがわ》は、今日《きょう》は日直《にっちょく》ではないので時間《じかん》ぎりぎりにやってき

た。彼女《かのじょ》もちらりと黒板《こくばん》を見《み》たものの暗号《あんごう》のことは何《なに》も言《い》わなかった。

なんとなく、拍子抜《ひょうしぬ》けした気分《きぶん》だった。

やがて始業《しぎょう》のチャイムが鳴《な》る。約束《やくそく》どおり陸《りく》は僕《ぼく》が書《か》いた暗号《あんごう》を消《け》した。

その日《ひ》はそれ以上《いじょう》、何《なに》も起《お》きなかった。僕《ぼく》の返事《へんじ》は相手《あいて》に伝《つた》わっているのだろうか。反応《はんのう》がないのでわからない。なんとなく中途半端《ちゅうとはんぱ》な気分《きぶん》だった。

でも次《つぎ》の日《ひ》、教室《きょうしつ》に来《き》てみると黒板《こくばん》に次《つぎ》の暗号《あんごう》が書《か》かれていた。

ZKR DP L

僕《ぼく》はすぐにその暗号《あんごう》をノートに書《か》き込《こ》み、自分《じぶん》の席《せき》で解読《かいどく》した。

ZKR DP L

↓

WHO AM I

（私《わたし》は誰《だれ》？）

暗号《あんごう》を書《か》いてる相手《あいて》は、自分《じぶん》が誰《だれ》なのか当《あ》ててみろと言《い》っている。これが次《つぎ》の挑戦《ちょうせん》ってことか。

僕《ぼく》もこの暗号《あんごう》を書《か》いているのが誰《だれ》か知《し》りたかった。でも手《て》がかりがなさすぎる。一体《いったい》誰《だれ》が書《か》いているんだろう？

授業《じゅぎょう》の最中《さいちゅう》も、そのことばかり考《かんが》えた。おかげで授業中《じゅぎょうちゅう》に先生《せんせい》に当《あ》てられたときも答《こた》えられなくて叱《しか》られてしまった。

ずっと考《かんが》えた末《すえ》に、僕《ぼく》はひとつの結論《けつろん》を出《だ》した。これが正《ただ》しいかどうか確認《かくにん》しなければ。

僕《ぼく》は昼休《ひるやす》みに、そのひとの前《まえ》に立《た》った。

「わたしがあの暗号《あんごう》を書《か》いた？」

そのひと――滝川怜奈《たきがわれな》はびっくりしたような顔《かお》で僕《ぼく》を見返《みかえ》した。

「どうしてそう思《おも》うの？」

「それしか考《かんが》えられないからだよ。前《まえ》の日《ひ》に僕《ぼく》が黒板《こくばん》をきれいにしてから、滝川《たきがわ》さんは日直《にっちょく》で最初《さいしょ》に教室《きょうしつ》に入《はい》った。誰《だれ》よりも先《さき》にあの暗号《あんごう》が書《か》けるのは滝川《たきがわ》さんしかいない」

「なるほど、論理的《ろんりてき》ね。でも違《ちが》う。わたしは書《か》いてない」

「本当《ほんとう》に？」

「本当《ほんとう》。こんなの、嘘《うそ》ついたってしかたないでしょ。それにわたし、桜山君《さくらやまくん》の推理《すいり》を論破《ろんぱ》できるわよ」

「どうやって？」

「あの暗号《あんごう》、今日《きょう》も黒板《こくばん》に書《か》いてあったでしょ？　今日《きょう》の暗号《あんごう》を書《か》いたひとは、最初《さいしょ》の暗号《あんごう》を書《か》いたひとと同一人物《どういつじんぶつ》と考《かんが》えていいわよね？」

「そうだね。暗号《あんごう》のルールを知《し》ってるんだから同《おな》じひとだと思《おも》う」

「わたし、今朝《けさ》いつ教室《きょうしつ》に来《き》たか覚《おぼ》えてる？」

「えっと……始業《しぎょう》ぎりぎり、だったかな？」

「そう。日直《にっちょく》のとき以外《いがい》、わたしはいつも教室《きょうしつ》に来《く》るのが遅《おそ》めなの。今日《きょう》もそうだった。だから今日《きょう》の暗号《あんごう》を書《か》くことはできない」

「そう……だね」

「最初《さいしょ》の日《ひ》と今日《きょう》の暗号《あんごう》を書《か》いた人間《にんげん》が同《おな》じなら、最初《さいしょ》の日《ひ》の暗号《あんごう》を書《か》いたのも、わたしじゃない。証明終《しょうめいお》わり」

まいった、と思《おも》った。反論《はんろん》できない。

「理解《りかい》したよ。滝川《たきがわ》さんは暗号《あんごう》を書《か》いてない。でも、じゃあ誰《だれ》が書《か》いたんだろう？」

「わたしは知《し》らない。興味《きょうみ》もない。でも、桜山君《さくらやまくん》なら解《と》けるんじゃないの？」

「どうして、そう思《おも》うの？」

「さあね。そう思《おも》ってるのは、わたしじゃないし」

そう言《い》ってから、滝川《たきかわ》は僕《ぼく》を見《み》つめた。目付《めつ》きが、妙《みょう》に真剣《しんけん》だった。

「あまり時間《じかん》がないの。桜山君《さくらやまくん》のこと、期待《きたい》していいのかしらね」

「時間《じかん》って……」

何《なん》の時間《じかん》がないんだよ、ときこうとしたけど、その前《まえ》に滝川《たきがわ》は出《で》ていってしまった。置《お》いてかれた僕《ぼく》は、途方《とほう》に暮《く》れてしまった。

僕《ぼく》の知《し》らないところで何《なに》かが起《お》きている。そんな気《き》がしてならなかった。

4　新《あたら》しい暗号《あんごう》

次《つぎ》の朝《あさ》も、黒板《こくばん》に暗号《あんごう》が書《か》かれていた。

同《おな》じくアルファベットだけど、今《いま》までと違《ちが》って上下逆《じょうげさか》さまに書《か》かれていた。

BBOQ VOOBEZ

どういうことだかよくわからないまま、とりあえず暗号《あんごう》をノートにメモして今《いま》までどおりのルールに従《したが》って解読《かいどく》してみる。

BBOQ VOOBEZ

↓

ZEBOOV QOBB

↓

WBYLLS NLYY

だめだ。今度《こんど》は全然《ぜんぜん》言葉《ことば》にならない。ルールが変《か》わったみたいだ。

謎《なぞ》を解《と》きたかったけど、ずっと考《かんが》えているとまた授業中《じゅぎょうちゅう》にうっかりして先生《せんせい》に叱《しか》られそうだから、休憩時間《きゅうけいじかん》に考《かんが》えようとした。でもやっぱり授業中《じゅぎょうちゅう》にも考《かんが》えてしまう。

今回《こんかい》のヒントは、アルファベットが逆《さか》さまに書《か》かれていることだろう。逆《さか》さま……逆《ぎゃく》……

そうか！

「そうか！」

思《おも》わず声《こえ》に出《だ》してしまった。

「お、そんなに早《はや》く答《こた》えがわかったか桜山《さくらやま》」

数学《すうがく》の問題《もんだい》を書《か》いていた先生《せんせい》が言《い》った。

「じゃあ前《まえ》に出《で》て答《こた》えを書《か》いてみろ」

「いえ、あの……」

答《こた》えはわかったけど、授業《じゅぎょう》で出《で》た問題《もんだい》の答《こた》えじゃない。僕《ぼく》は今日《きょう》も先生《せんせい》に大目玉《おおめだま》を食《く》らってしまった。

昼休《ひるやす》みにノートを開《ひら》いた。今《いま》までの暗号《あんごう》はアルファベットの並《なら》び順《じゅん》で三文字分後《もじぶんうし》ろにずらしていた。それが逆《さか》さになったということは、つまり前《まえ》に三文字分《もじぶん》ずらしているってことに違《ちが》いない。僕《ぼく》はそのルールに従《したが》ってアルファベットを変換《へんかん》してみた。

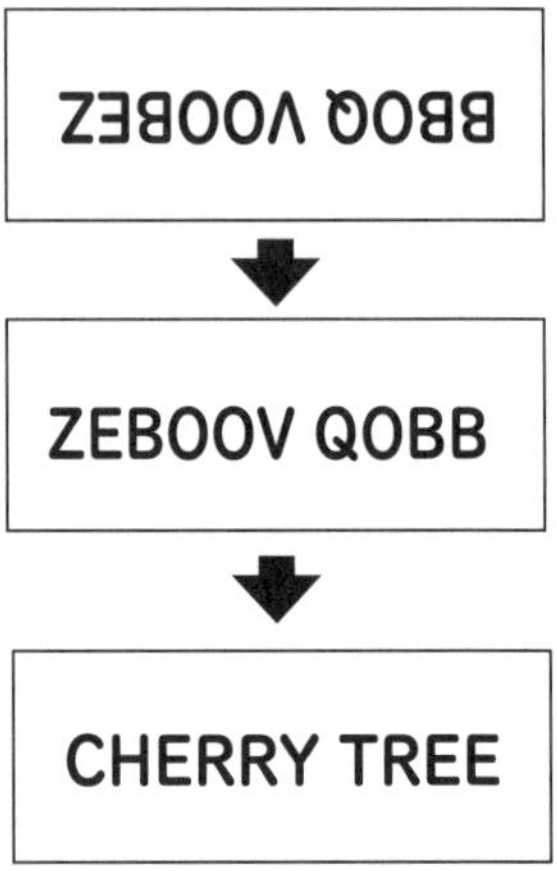

「CHERRY」はサクランボのことだ。「TREE」は木《き》。それくらいは知《し》っている。でも「サクランボの木《き》」って何《なん》だ？　このあたりにサクランボがなる木《き》なんてあったっけ？　念《ねん》のために辞書《じしょ》を引《ひ》いてみた。すると「CHERRY TREE」とは「桜《さくら》の木《き》」であることがわかった。

なあんだ、と思《おも》った後《あと》で、また悩《なや》んだ。桜《さくら》の木《き》がどうしたっていうんだろう？　ただ「桜《さくら》の木《き》」って言《い》われたって、そんなのどこにでもあるじゃないか。どこにでも……いや、違《ちが》う。

僕《ぼく》は教室《きょうしつ》を飛《と》び出《だ》し、校庭《こうてい》に向《む》かった。

校門《こうもん》の横《よこ》に、それはあった。花《はな》も葉《は》もない大《おお》きな木《き》。春《はる》には薄桃色《うすももいろ》の花《はな》をいっぱいに咲《さ》かせる。

時告中学校《ときつげちゅうがっこう》に桜《さくら》の木《き》は、この一本《ぽん》しかない。

僕《ぼく》は木《き》のまわりを回《まわ》ってみた。どこも変《か》わったところはない。枝《えだ》のどこかに何《なん》かを隠《かく》しているのかもしれないと思《おも》ったけど、手《て》を伸《の》ばしても届《とど》かない高《たか》さだった。そんなところにはないだろう。ということは、下《した》か。

木《き》の根元《ねもと》を調《しら》べてみる。長《なが》い間《あいだ》に根《ね》が成長《せいちょう》して浮《う》き上《あ》がっているところもあって、地面《じめん》の形《かたち》はでこぼこしている。僕《ぼく》はどこも見逃《みのが》さないよう、じっくりと調《しら》べた。

そしてやっと、見《み》つけた。飛《と》び出《で》ている根《ね》っこと地面《じめん》の間《あいだ》の小《ちい》さな隙間《すきま》に白《しろ》い紙《かみ》が丸《まる》めて突《つ》っ込《こ》まれていたんだ。僕《ぼく》はそれを抜《ぬ》き取《と》り、広《ひろ》げてみた。

「なんだこれ？」

思《おも》わず声《こえ》が出《で》てしまった。これまでの暗号《あんごう》とは全然違《ぜんぜんちが》う。ということは、解《と》くルールも全《ぜん》然違《ぜんちが》うのだろう。

猫＋枝ー糠

作るーか

道具一式＋あお

そうか。そういうことなら、やってやろうじゃないか。僕《ぼく》は暗号《あんごう》が書《か》かれた紙《かみ》を持《も》って教室《きょうしつ》に戻《もど》った。

午後《ごご》の授業《じゅぎょう》はちゃんと受《う》けた。先生《せんせい》に質問《しつもん》されても答《こた》えられた。頭《あたま》の中《なか》から暗号《あんごう》のことは一度《いちど》消《け》してしまって考《かんが》えないようにしていたからだ。

解読《かいどく》は家《いえ》に帰《かえ》ってから始《はじ》めた。桜《さくら》の木《き》の根元《ねもと》から見《み》つけた紙《かみ》をリビングのテーブルに置《お》き、じっと見《み》つめる。

うーん、やっぱり難《むずか》しい。そもそもこれ、何《なに》が書《か》かれているんだろう？

——また新《あたら》しい暗号《あんごう》か。

コースケがやってきた。やっぱりここは知恵《ちえ》を借《か》りよう。僕《ぼく》は暗号《あんごう》を見《み》せた。

——なるほどな。

「わかったの？」

――いや、まだだ。でも暗号《あんごう》に使《つか》われているルールがわかれば、これもすぐに解《と》けそうだな。

「それくらい僕《ぼく》にもわかってるよ。問題《もんだい》はそのルールなんだ。『猫《ねこ》』とか『作《つく》る』とか『道《どう》具一式《ぐいっしき》』とか、全然関係《ぜんぜんかんけい》ない言葉《ことば》が並《なら》んでるの、ほんと意味《いみ》不明《ふめい》だよ。それにこの米《こめ》に健康《けんこう》の康《こう》が組《く》み合《あ》わさった漢字《かんじ》、これなんて読《よ》むの？」

――「ぬか」だな。玄米《げんまい》の表面《ひょうめん》にあって、白米《はくまい》に精米《せいまい》したときに削《けず》り落《お》とされて粉《こな》になったものだ。それを使《つか》って漬《つ》け物《もの》を漬《つ》けたりする。

糠《ぬか》の意味《いみ》はわかったけど、やっぱり意味不明《いみふめい》のままだ。

「猫《ねこ》と枝《えだ》の間《あいだ》に『＋』が入《はい》ってるけど、これは単純《たんじゅん》に『足《た》す』って意味《いみ》かな？」

――一度《いちど》、その考《かんが》えで解読《かいどく》してみるんだな。だとすると枝《えだ》と糠《ぬか》の間《あいだ》にある『－』は『引《ひ》く』か。うーん……。

コースケが首《くび》を傾《かし》げて考《かんが》え込《こ》んでいた。

――この暗号《あんごう》を作《つく》った奴《やつ》は、これまでも英語《えいご》にこだわっていた。ということは、もしかしたら……。

その言葉《ことば》で、僕《ぼく》もピンと来《き》た。

「漢字《かんじ》を英語《えいご》に訳《やく》してみる」

「猫《ねこ》」は英語《えいご》で「CAT」、これは辞書《じしょ》を見《み》なくてもわかる。でも次《つぎ》の「枝《えだ》」がわからない。

あきらめてスマホにきいてみた。答《こた》えは「BRANCH」だった。そして「糠《ぬか》」は「BRAN」だ。ということは「猫《ねこ》+枝《えだ》−糠《ぬか》」というのは「CAT+BRANCH−BRAN」つまり「CATCH」だ。

「これ、『キャッチ』って、捕《とら》えるとか捕《つか》まえるという意味《いみ》だよね」

——そうだ。続《つづ》けてみろ。

コースケに促《うなが》されて、僕《ぼく》は残《のこ》りの暗号《あんごう》にも取《と》り組《く》んだ。「猫《ねこ》+枝《えだ》−糠《ぬか》」と「作《つく》る−か」が改行《かいぎょう》しているということは、別《べつ》の単語《たんご》という意味《いみ》なんだろう。でも「作《つく》る−か」って何《なん》だ？

「作《つく》る」は英語《えいご》にすると「MAKE」だと思《おも》うけど「か」って何《なん》だろう？「蚊《か》」だとしたら「MOSQUITO」だけど、「MAKE」から「MOSQUITO」は引《ひ》けない。何《なに》か別《べつ》の言葉《ことば》に違《ちが》いない。

——ひらがなの「か」ってところが曲者《くせもの》だな。

コースケは言《い》う。

――これは別《べつ》のルールでアルファベットに変換《へんかん》してみろ。

「別《べつ》のルールって？　たとえば……」

僕《ぼく》は「KA」と書《か》いてみた。ローマ字《じ》に変換《へんかん》してみたんだ。そして、あ、と思《おも》った。

「MAKE」から「KA」を引《ひ》くと「ME」になる！

「CATCH ME」……なんだか意味《いみ》ができてきた。でも、あとひとつ単語《たんご》がある。

「道具一式《どうぐいっしき》+あお」、これも意味《いみ》がわからない。『道具《どうぐ》』なら英語《えいご》で「TOOL」、「道具一式《どうぐいっしき》」をスマホに翻訳《ほんやく》させると「SET OF TOOLS」と表示《ひょうじ》された。「あお」を前《まえ》の単語《たんご》の「か」と同《おな》じようにローマ字変換《じへんかん》させると「AO」だけど……。

「これじゃわからないな。何《なん》だろうな？」

僕《ぼく》が考《かんが》え込《こ》んでいると、

――これまで暗号《あんごう》に使《つか》われている言葉《ことば》はひとつの英単語《えいたんご》を表《あらわ》していた。この「道具一式《どうぐいっしき》」もひとつの英単語《えいたんご》を表《あらわ》しているに違《ちが》いない。

と、コースケが言《い》った。

――「SET OF TOOLS」以外《いがい》にも「道具一式《どうぐいっしき》」を表《あらわ》す英単語《えいたんご》を探《さが》してみろ。

「そんなの、あるのかな？」

少《すこ》し疑問《ぎもん》に思《おも》いながらスマホを操作《そうさ》する。

「……あった。『KIT』だ」

そういえば前《まえ》に自転車《じてんしゃ》のパンクを修理《しゅうり》するための道具《どうぐ》がいろいろ入《はい》っているものを買《か》った。その名前《なまえ》が「パンク修理《しゅうり》キット」だった。

ノートに「KIT」と書《か》き、その後《うし》ろに「AO」を付《つ》けてみる。「KITAO」……キタオ？スマホで調《しら》べても「北尾《きたお》」という名前《なまえ》や「KITAO」という会社《かいしゃ》しか出《で》てこない。やっぱり人《ひと》の名前《なまえ》だろうか。

「うちのクラスに『キタオ』って名前《なまえ》の生徒《せいと》はいないけど、他《ほか》のクラスにいるのかな？もしかしたら、その生徒《せいと》が暗号《あんごう》を書《か》いてるのかも……」

――いや、ここまで暗号《あんごう》にこだわっている奴《やつ》が、あからさまに自分《じぶん》の名前《なまえ》を出《だ》すとは思《おも》えないな。

「じゃあ、どういう意味《いみ》なの？」

僕《ぼく》がきくと、

――アナグラムだよ。

コースケが言《い》う。アナグラムというのは前《まえ》に父《とう》さんに教《おし》えてもらった、文字《もじ》を並《なら》べ替《か》えて別《べつ》の言葉《ことば》にする遊《あそ》びのことだ。アルファベットを並《なら》べ替《か》えると別《べつ》の言葉《ことば》になるってことか。

でも、どんな言葉《ことば》になるんだろう？　僕《ぼく》はノートに並《なら》び順《じゅん》を変《か》えていろいろ書《か》いてみた。

「TOKAI」「KATOI」「TIKAO」……「とかい」は「都会《とかい》」かなと思《おも》ったんだけど、急《きゅう》に日《に》本語《ほんご》になるのもおかしい気《き》がする。うーん……。

ああでもないこうでもないと並《なら》べ替《か》えていると、不意《ふい》に気《き》付《づ》いた。

「あ……これって……」

――やっと気《き》が付《つ》いたか。

コースケが笑《わら》う。どうやらもっと早《はや》くに気《き》付《づ》いていたらしい。僕《ぼく》はアルファベットを並《なら》べた。

「KAITO」……僕《ぼく》の名前《なまえ》だ。

――「CATCH ME KAITO」……「私《わたし》を捕《つか》まえてみろ、凱斗《かいと》」か。おまえへの挑戦状《ちょうせんじょう》だな。

「向《む》こうは暗号《あんごう》を解《と》いているのが僕《ぼく》だって知《し》ってたんだ」

――たぶん、おまえの行動《こうどう》を見《み》てるんだろう。ということは……。

「やっぱり同《おな》じクラスの人間《にんげん》なんだね。でも、誰《だれ》なんだろう？　『捕《つか》まえてみろ』って言《い》われても、誰《だれ》なんだか見当《けんとう》も付《つ》かないよ。手《て》がかりがないんだもの」

——そうかな。向《む》こうから「捕《つか》まえてみろ」と言《い》ってきてるってことは、おまえにそれが可《か》能《のう》だと思《おも》ってるからじゃないかな。

「絶《ぜっ》対《たい》に捕《つか》まえられないとわかってるから、こんなことを書《か》いてるのかと思《おも》ったんだけど」

——相《あい》手《て》はおまえにゲームを仕《し》掛《か》けてきている。ゲームっていうのはバランスが大《だい》事《じ》だ。一《いっ》方《ぽう》的《てき》にどっちかが有《ゆう》利《り》だと面《おも》白《しろ》くない。バランスが悪《わる》いときは、不《ふ》利《り》な相《あい》手《て》にハンディを与《あた》えるもんだ。

「ハンディ?」

——強《つよ》い側《がわ》に不《ふ》利《り》な条《じょう》件《けん》だよ。この場《ば》合《あい》なら、相《あい》手《て》の正《しょう》体《たい》がつかめるような手《て》がかりとか。それをおまえが見《み》逃《のが》しているだけなのかもしれないぞ。

「僕《ぼく》、何《なに》か見《み》逃《のが》してるのかな……?」

頭《あたま》の中《なか》を探《さぐ》って、思《おも》い出《だ》してみようとする。でもだめだ。わからない。

「……僕《ぼく》、頭《あたま》が悪《わる》いのかな?」

——そんなことはない。この暗《あん》号《ごう》だって解《と》けたんだ。考《かん》えていれば思《おも》いつくこともあるさ。

ところで暗《あん》号《ごう》がいつ黒《こく》板《ばん》に書《か》かれたかって謎《なぞ》の件《けん》だが、あっちはわかったか。

そうだ。その謎《なぞ》も解《かい》決《けつ》してないんだった。

「そっちもわからないままだよ。僕《ぼく》が鍵《かぎ》をかけてから次《つぎ》の日《ひ》の日直《にっちょく》だった滝川《たきがわ》さんが鍵《かぎ》を開《あ》けるまで、誰《だれ》も教室《きょうしつ》には入《はい》れなかった。なのに黒板《こくばん》に暗号《あんごう》が書《か》かれていた。一体《いったい》どうやって書《か》いたのか……」

——こういうときは、当《あ》たり前《まえ》と思《おも》っていることをひとつひとつ疑《うたが》ってみるんだ。おまえが教室《きょうしつ》の鍵《かぎ》をかけたとき、黒板《こくばん》には何《なに》も書《か》かれていなかったんだな？

「間違《まちが》いないよ。僕《ぼく》が全部《ぜんぶ》きれいにしたから」

——帰《かえ》るとき、おまえの他《ほか》に教室《きょうしつ》に誰《だれ》かが隠《かく》れていた可能性《かのうせい》はないか。おまえが帰《かえ》った後《あと》に出《で》てきて暗号《あんごう》を書《か》いたのかもしれない。

「それもないね。忘《わす》れ物《もの》とかないか確認《かくにん》するのも日直《にっちょく》の仕事《しごと》だから、最後《さいご》に教室《きょうしつ》を見回《みまわ》ったもの。掃除道具《そうじどうぐ》入《い》れまで調《しら》べたから」

——翌日《よくじつ》に教室《きょうしつ》の鍵《かぎ》を開《あ》けた滝川《たきがわ》って子《こ》が暗号《あんごう》を書《か》いたのでもない。これは信用《しんよう》していいんだな？

「間違《まちが》いないと思《おも》うよ。滝川《たきがわ》さんが教室《きょうしつ》のドアを開《あ》けたとき、もう暗号《あんごう》は書《か》かれていたって」

——だったら、その間《あいだ》に誰《だれ》かが教室《きょうしつ》に入《はい》って暗号《あんごう》を書《か》いたわけだ。

「でも、どうやって？」

僕《ぼく》がたずねると、コースケは後ろ脚《うしあし》で耳《みみ》を掻《か》いて、

──教室《きょうしつ》のドアの鍵《かぎ》は職員室《しょくいんしつ》に保管《ほかん》されているんだったな。そして日直《にっちょく》が取《と》りにいってドアを開《あ》ける。

「そうだよ」

──鍵《かぎ》はどういうふうに保管《ほかん》されているんだ？　日直《にっちょく》が取《と》り出《だ》すときや返《かえ》すときの規則《きそく》はどうなってる？

「鍵《かぎ》は『教室鍵《きょうしつかぎ》』って書《か》かれたボックスに入《はい》ってるんだ。中《なか》に鍵《かぎ》を引《ひ》っかけるフックが並《なら》んでてクラス名《めい》も書《か》かれてる。日直《にっちょく》は朝《あさ》、職員室《しょくいんしつ》に行《い》ってボックスから鍵《かぎ》を取《と》ってきて、帰《かえ》るときに鍵《かぎ》を戻《もど》しておくんだよ」

──ボックス自体《じたい》に鍵《かぎ》はかかってないのか。鍵《かぎ》を取《と》り出《だ》したり戻《もど》したりするときに先生《せんせい》のチェックがあったり、記録《きろく》に残《のこ》したりはしないのか。

「ボックスには鍵《かぎ》があるけど、朝《あさ》、日直《にっちょく》が来《く》る頃《ころ》には用務員《ようむいん》さんが開《あ》けてくれてる。日直《にっちょく》はそれを取《と》りにいくだけ。チェックとかもないよ」

──なるほどね。

納得《なっとく》したようにコースケがうなずく。

——つまり、誰《だれ》が鍵《かぎ》を取《と》り出《だ》したり戻《もど》したりしても、気付《きづ》かれることはないんだ。

「え？」

コースケが言《い》っていることを理解《りかい》するのに、少《すこ》しだけ時間《じかん》がかかった。でもわかったとたん、あ、と思《おも》った。

「そうか、滝川《たきがわ》が取《と》りに来《く》る前《まえ》に鍵《かぎ》を取《と》って、黒板《こくばん》に暗号《あんごう》を書《か》いた後《あと》でまた職員室《しょくいんしつ》に行《い》って鍵《かぎ》を戻《もど》しておいたんだ」

——そう考《かんが》えれば、謎《なぞ》でも何《なん》でもないな。

コースケの言《い》うとおり、気《き》が付《つ》いてしまえば、たしかに単純《たんじゅん》な手口《てぐち》だった。

——最初《さいしょ》に鍵《かぎ》の保管方法《ほかんほうほう》について聞《き》いていたら、もっと早《はや》くわかってたんだがな。俺《おれ》もうっかりしてた。

「それはしかたないよ。最初《さいしょ》から全部《ぜんぶ》わかっちゃうなんてことはないんだし……」

そこまで言《い》って、僕《ぼく》は言葉《ことば》を失《うしな》った。

——どうした？

コースケが訊《き》いてきたけど、すぐには答《こた》えられなかった。

最初《さいしょ》から全部《ぜんぶ》わかっちゃうなんてことはない……。

たった今《いま》、自分《じぶん》で言《い》った言葉《ことば》が頭《あたま》の中《なか》で、うわんうわんと響《ひび》くようにくり返《かえ》される。

全部《ぜんぶ》わかっちゃうなんてことは……。

「……そうか」

そう、最初《さいしょ》からわかるわけではなかった。でも今《いま》ならわかる。誰《だれ》が暗号《あんごう》を作《つく》っていたのか、僕《ぼく》にはわかったんだ。

5　暗号返《あんごうがえ》し

「おはよう」

教室《きょうしつ》で僕《ぼく》が声《こえ》をかけると、

「おはよう」

いつもと同《おな》じように、相手《あいて》も挨拶《あいさつ》を返《かえ》してくれた。僕《ぼく》は持《も》ってきた小《ちい》さな紙切《かみき》れを渡《わた》した。そこには、こう書《か》いてある。

インク－NK
猫＋枝－糠
君の－R
危険＋う－S

「ごめん、最初《さいしょ》に謝《あやま》っとく。君《きみ》みたいにうまく暗号《あんごう》にできなかった。君《きみ》が作《つく》ったのをそのままパクっちゃったし」

相手《あいて》は紙切《かみき》れを見《み》つめ、笑《わら》った。そしてシャーペンで余白《よはく》に書《か》き込《こ》み始《はじ》めた。

「……『インク』は『INK』だから『NK』を引《ひ》くと『I』、次《つぎ》は『CATCH』のまま。その次《つぎ》は……はははは、『YOUR』から『R』を引《ひ》いて『YOU』なんて安直《あんちょく》だなあ」

「だから、ごめんって」

恥《は》ずかしいのをこらえている僕《ぼく》を見《み》て、相手《あいて》はまた笑《わら》う。

「それで最後《さいご》は……『危険《きけん》』は『DANGER』か。いや、『S』が引《ひ》けないから違《ちが》うな。他《ほか》に英語《えいご》で『危険《きけん》』というと……そうか」

紙切《かみき》れに「RISK」と書《か》く。そして「S」に斜《なな》めに線《せん》を引《ひ》いて消《け》し、代《か》わりに「U」を書《か》き加《くわ》えた。

I CATCH YOU RIKU

(僕《ぼく》は君《きみ》を捕《つか》まえたよ、陸《りく》)

「……まあ、最後《さいご》の単語《たんご》は僕《ぼく》の名前《なまえ》なんだろうなとは思《おも》ってたけどね」

相手《あいて》——吉村陸《よしむらりく》は微笑《ほほえ》みながら言《い》った。

「一応《いちおう》聞《き》いとくけど、どうして僕《ぼく》が暗号《あんごう》を書《か》いてたってわかった?」

陸《りく》がたずねてきた。

「陸《りく》が『I KNOW』って言《い》ったから」

僕《ぼく》は答《こた》える。

「暗号《あんごう》を見《み》せたとき、最初《さいしょ》に『なんて書《か》いてあるの?』って訊《き》いてきた。僕《ぼく》は『知《し》ってるよ』と答《こた》えた。そしたらすぐに陸《りく》は『「I KNOW」か』って言《い》ったんだ。そのときは気《き》にしてなかったけど、後《あと》になって考《かんが》えてみたら変《へん》だなって思《おも》った。たしかにあの暗号《あんごう》を解《と》くと『I KNOW』って文章《ぶんしょう》になる。でも僕《ぼく》はそれを日本語《にほんご》にして君《きみ》に話《はな》したんだ。それなのに君《きみ》は元《もと》の正解《せいかい》の『I KNOW』と言《い》った。最初《さいしょ》からあの暗号文《あんごうぶん》の正解《せいかい》を知《し》っていたみたいにね」

陸《りく》は僕《ぼく》の説明《せつめい》を微笑《ほほえ》みながら聞《き》いていた。その態度《たいど》が、ちょっとイラッとさせる。

「見事《みごと》だね。よく見抜《みぬ》いた」

その言《い》いかたもイラつかせてくれるなあ。

「わざとだろ。陸《りく》、君《きみ》はわざと自分《じぶん》が正解《せいかい》を知《し》っていることを僕《ぼく》に教《おし》えたんだ」

「そんなことはないよ。あれは僕《ぼく》の失言《しつげん》だ。それを聞《き》き逃《のが》さなかった君《きみ》がすごいんだよ」

そう言《い》われても素直《すなお》に喜《よろこ》べない。コースケが言《い》ってたとおり、僕《ぼく》は陸《りく》にハンディを与《あた》えられたんだと思《おも》う。まあ、それはそれとして。

「でも陸《りく》、どうして君《きみ》はこんな暗号《あんごう》を——」

大事《だいじ》なことを訊《き》こうとしたとき、

「おはよ！」

いきなり肩《かた》を叩《たた》かれた。悠太《ゆうた》だ。彼《かれ》は陸《りく》が正解《せいかい》を書《か》き添《そ》えた暗号文《あんごうぶん》を見《み》つけると手《て》に取《と》り、

「……I CATCH YOU RIKU、か。もしかして陸《りく》、凱斗《かいと》に暗号解《あんごうと》かれちゃったわけ？」

「そうなんだ。僕《ぼく》の負《ま》けだよ」

ふたりの会話《かいわ》を聞《き》いて、僕《ぼく》はびっくりしてしまった。

「悠太《ゆうた》、暗号《あんごう》を書《か》いたのが陸《りく》だって知《し》ってたの？」

「うん、知《し》ってた。だって教《おし》えてくれたもん」

悠太《ゆうた》はあっさりと言《い》う。

「こんな面倒《めんどう》な暗号《あんごう》、誰《だれ》も解読《かいどく》しようなんて思《おも》わないよって言《い》ったんだけどさ、クラスにひとりだけ、こういうのを見《み》て燃《も》えるタイプの奴《やつ》がいるって言《い》うからさ」

「それ、僕《ぼく》のこと？」

「他《ほか》に誰《だれ》がいるんだよ」

「なんか……屈辱的《くつじょくてき》」

「どうして？　おまえしかこんな謎《なぞ》は解《と》けないぞって俺《おれ》たちみんな思《おも》ってたんだぞ。俺《おれ》だっ

て何度《なんど》か陸《りく》に解《と》きかたを教《おし》えてもらって、やっと理解《りかい》できたくらいなんだから」

悠太《ゆうた》は本気《ほんき》で僕《ぼく》のことを褒《ほ》めているつもりのようだ。それでもやっぱり、ちょっと屈辱《くつじょく》的《てき》だなあ。

「どうしてこんなことをしたんだ？　僕《ぼく》をからかったのか」

ちょっと、いや、かなり怒《おこ》りながら陸《りく》にたずねる。

「からかったんじゃない。でも、気《き》を悪《わる》くしたのなら謝《あやま》るよ」

陸《りく》が言《い》う。

「君《きみ》がこういうことに最適《さいてき》な人間《にんげん》だってことを証明《しょうめい》したかったんだ」

「証明《しょうめい》？　どういうこと？」

「疑《うたが》い深《ぶか》くってさ、お嬢様《じょうさま》が」

「その言《い》いかた、やめて」

背後《はいご》で声《こえ》がした。振《ふ》り向《む》くと、女子生徒《じょしせいと》がひとり立《た》っている。

「滝川《たきがわ》さん……？」

「それに疑《うたぐ》り深《ぶか》いっていうのも訂正《ていせい》して。わたしはただ、本当《ほんとう》に桜山君《さくらやまくん》に任《まか》せてもいいかどうか知《し》りたかっただけ」

「それが疑《うたぐ》り深《ぶか》いって言《い》うんだ……あ、ごめん」

滝川《たきがわ》に睨《にら》まれて陸《りく》は素直《すなお》に謝《あやま》った。

「……わけがわからないよ」

僕《ぼく》は混乱《こんらん》していた。

「何《なに》を証明《しょうめい》するって？　何《なに》を任《まか》せるって？」

「落《お》ち着《つ》いて」

そう言《い》ってから滝川《たきがわ》は、疑《うたが》わしそうな顔《かお》になる。

「ねえ陸《りく》、本当《ほんとう》に彼《かれ》に任《まか》せても大丈夫《だいじょうぶ》？　メンタルがちょっと弱《よわ》そうなんだけど」

「大丈夫《だいじょうぶ》だと思《おも》うよ。いざというときには度胸《どきょう》があるタイプだから。ね？」

「ね、って言《い》われても……」

言《い》い返《かえ》しながら、少《すこ》しずつ状況《じょうきょう》を理解《りかい》しはじめた。

「つまり、こういうことか。滝川《たきがわ》さんは僕《ぼく》に何《なに》かさせたがっている。でもそれができるかどうか信用《しんよう》できなかった。だから陸《りく》が暗号《あんごう》を作《つく》って僕《ぼく》に解《と》かせた。それができれば、滝川《たきがわ》さんが僕《ぼく》にさせたがっていることができると思《おも》えるから」

「そのとおり。やっぱり凱斗《かいと》は頭《あたま》の回転《かいてん》が早《はや》いよ」

陸《りく》はうなずいた。

「僕《ぼく》はこんなことをしなくても大丈夫《だいじょうぶ》だって言《い》ったんだけどね。でも滝川《たきがわ》さんが信用《しんよう》してくれなくてね」

「だから、疑《うたが》ってたんじゃないの。確認《かくにん》したかっただけ」

そう言《い》って滝川《たきがわ》は、僕《ぼく》の前《まえ》に立《た》った。その表情《ひょうじょう》を見《み》て、僕《ぼく》は彼女《かのじょ》が冗談《じょうだん》やイタズラのために仕組《しく》んだんじゃないと理解《りかい》した。

「桜山凱斗君《さくらやまかいとくん》、あなたにお願《ねが》いがあります」

「なん、でしょうか」

「わたしの大事《だいじ》なものを守《まも》ってほしいの」

「守《まも》るって、何《なに》から？」

僕《ぼく》がたずねると、滝川《たきがわ》は、言《い》った。

「怪盗《かいとう》スカルからよ」

第《だい》四話《わ》

コースケvs.怪《かい》盗《とう》スカル

1　第三《だい》の女神像《めがみぞう》

少《すこ》しでこぼこした道路《どうろ》を、車《くるま》は制限速度《せいげんそくど》よりちょっとだけ遅《おそ》く走《はし》っている。

「うちのパパ、絶対《ぜったい》に速度違反《そくどいはん》しないの」

助手席《じょしゅせき》の滝川怜奈《たきがわれな》が前《まえ》を向《む》いたまま言《い》った。

「若《わか》い頃《ころ》に速度違反《そくどいはん》で捕《つか》まったことがあって、それからずっとこうなんだって。でもみんな、ちょっとくらいは制限速度《せいげんそくど》より速《はや》く走《はし》ってるわよね？　ほら、追《お》い越《こ》していったあの車《くるま》だって10キロくらい速《はや》いと思《おも》う」

「ああいうのが『ネズミ捕《と》り』に捕《つか》まるんだよ」

車《くるま》を運転《うんてん》している滝川《たきがわ》のパパが言《い》う。

「ねずみとりって何《なん》ですか」

後部座席《こうぶざせき》で僕《ぼく》の右隣《みぎどなり》に座《すわ》っている坂元悠太《さかもとゆうた》が訊《き》いた。

「警察《けいさつ》の違反車《いはんしゃ》取《と》り締《し》まりのことだよ。見《み》えないところで見張《みは》っていて、違反《いはん》した車《くるま》を捕《つか》まえるんだ。みんなが速度《そくど》オーバーしてるからって言《い》い訳《わけ》は通《つう》じない。そいつが違反《いはん》したのは間違《まちが》いないんだからね。パパはそうやって違反《いはん》キップを切《き》られた。そのときに決《き》めたんだ。

もう絶対《ぜったい》に交通違反《こうつういはん》はしないってね」

話《はなし》を聞《き》きながら僕《ぼく》は母《かあ》さんのことを考《かんが》える。母《かあ》さんは車《くるま》を運転《うんてん》するとき、けっこうスピードを出《だ》していると思《おも》う。もしかしたら速度違反《そくどいはん》してるかもしれない。そういうのって、どうなんだろう？　他《ほか》のみんなも違反《いはん》しているけど、だからって自分《じぶん》が違反《いはん》したのを警察《けいさつ》が見《み》つけたら、罪《つみ》になるんだろうか。

「スピード違反《いはん》をしている車《くるま》を全部《ぜんぶ》捕《つか》まえようとしたら、警察官《けいさつかん》が何人《なんにん》いても足《た》らない」

僕《ぼく》の左《ひだり》隣《どなり》に座《すわ》っている吉村陸《よしむらりく》が言《い》った。

「だから警察《けいさつ》は悪質《あくしつ》な違反《いはん》だけを取《と》り締《し》まっている。伯父《おじ》さん、そのときどれくらいの速度《そくど》を出《だ》してたんですか」

陸《りく》は滝川《たきがわ》のパパを「伯父《おじ》さん」と呼《よ》んだ。陸《りく》のお母《かあ》さんと滝川《たきがわ》のパパは兄妹《きょうだい》なんだって。つまり陸《りく》と滝川《たきがわ》はいとこということだ。

「えっと……たしか、30キロオーバー、だったかな」

「それはしかたないですね」

「そう。しかたなかった。だから反省《はんせい》して以後《いご》はずっと安全運転《あんぜんうんてん》しているんだよ」

なるほど。滝川《たきがわ》のパパは一度《いちど》違反《いはん》をしてしまったことを悔《く》やんで、もう二度《にど》としないと決《き》めたんだ。

でも世《よ》の中《なか》には何度《なんど》も法律《ほうりつ》に違反《いはん》することをして反省《はんせい》しない人間《にんげん》もいる。たとえば……。

「怪盗《かいとう》スカル……」

「え？　急《きゅう》にどうしたの？」

滝川《たきがわ》に訊《き》かれた。

「いや、えっと……」

ついうっかり思《おも》っていることを言葉《ことば》にしてしまったみたい。

「かっこいい名前《なまえ》だよね、怪盗《かいとう》スカルって」

悠太《ゆうた》が言《い》う。

「わざわざ予告状《よこくじょう》を出《だ》して物《もの》を盗《ぬす》むなんて、アニメみたいですごいよ」

「時代錯誤《じだいさくご》なだけだよ」

陸《りく》は冷静《れいせい》に言《い》う。

「わざわざ予告《よこく》して盗《ぬす》もうとするなんてリスクが高《たか》いだけで意味《いみ》ない。ただの自己満足《じこまんぞく》だな。それも平成《へいせい》までの古《ふる》いやつ。令和《れいわ》はもう、そういうの通《つう》じないから」

いや、僕《ぼく》らだって平成生《へいせいう》まれだけど。

「わたしも陸《りく》が言《い》うことに賛成《さんせい》」

滝川《たきがわ》が言《い》った。

「そもそも自分《じぶん》のことを怪盗《かいとう》だなんて名乗《なの》ってる時点《じてん》で存在自体《そんざいじたい》が信用《しんよう》できない」

「でも、怪盗《かいとう》スカルは本当《ほんとう》に存在《そんざい》するんだ」

僕《ぼく》は膝《ひざ》の上《うえ》で寝《ね》ているコースケの背中《せなか》をなでた。

「僕《ぼく》たちは実際《じっさい》にスカルが予告《よこく》して盗《ぬす》みをするのを見《み》たし、それを防《ふせ》ごうとしたんだ」

「僕《ぼく》たちって？」

陸《りく》がきいてきた。

「僕《ぼく》とコースケ……あ、いや、僕《ぼく》と母《かあ》さんだよ」

コースケがどうしてスカルと戦《たたか》うのかを説明《せつめい》するのは難《むずか》しいから、ごまかした。

「そうか、本当《ほんとう》に桜山君《さくらやまくん》は怪盗《かいとう》スカルとやらと戦《たたか》っている探偵《たんてい》さんなんだな」

滝川《たきがわ》のパパが感心《かんしん》したように言《い》った。

「いやね、怜奈《れな》や陸《りく》がスカル退治《たいじ》の専門家《せんもんか》を連《つ》れてくるからって言《い》ってたんだけど、会《あ》ってみたら大人《おとな》の探偵《たんてい》じゃなくて同級生《どうきゅうせい》だったから、正直《しょうじき》に言《い》うと信用《しんよう》してなかったんだよ。中学生《ちゅうがくせい》だけで泥棒《どろぼう》に立《た》ち向《む》かうなんて危《あぶ》ないしね」

まあ、たしかに中学生《ちゅうがくせい》じゃあ危《あぶ》なっかしいと思《おも》われてもしかたないかな。それにしても、スカル退治《たいじ》の専門家《せんもんか》って……なんだかシロアリ退治《たいじ》の業者《ぎょうしゃ》さんみたいだ。

僕《ぼく》が心《こころ》の中《なか》で突《つ》っ込《こ》んでいるのも知《し》らずに、滝川《たきがわ》のパパは話《はな》しつづける。

「でも君《きみ》が、実際《じっさい》にスカルに立《た》ち向《む》かってきた実績《じっせき》があるのなら話《はなし》は違《ちが》う。いやあ、本物《ほんもの》の少年探偵《しょうねんたんてい》が存在《そんざい》するなんてねえ！　パパはね、昔《むかし》からそういうのが大好《だいす》きなんだ。江戸川《えどがわ》乱歩《らんぽ》の『怪人二十面相《かいじんにじゅうめんそう》』とか、わくわくして読《よ》んだものだよ。いつか自分《じぶん》も少年探偵団《しょうねんたんていだん》に入《はい》って冒険《ぼうけん》したいなって思《おも》ったんだ。もうそんな歳《とし》じゃないけど、そのかわり怜奈《れな》や陸《りく》が夢《ゆめ》を叶《かな》えて少年探偵団《しょうねんたんていだん》を結成《けっせい》してくれるとはねえ！　大感激《だいかんげき》だ」

滝川《たきがわ》のパパ、ひとりで興奮《こうふん》している。

「わたし、少年探偵団《しょうねんたんていだん》なんて入《はい》ったつもりないけど」

滝川《たきがわ》が冷静《れいせい》に反論《はんろん》する。

「それに『少年探偵団《しょうねんたんていだん》』なんて呼《よ》び名《な》、コンプライアンス的《てき》にどうかと思《おも》う。せめて『少《しょう》年少女探偵団《ねんしょうじょたんていだん》』にしてほしいんだけど」

「じゃあ、そう呼《よ》ぼうか。伏城《ふしぎ》少年少女探偵団《しょうねんしょうじょたんていだん》！　いいじゃないか」

滝川《たきがわ》のパパは、すっかりその気《き》になっている。

僕《ぼく》はこっそり、ため息《いき》をついた。なるほど、これが僕《ぼく》をこの事件《じけん》に巻《ま》き込《こ》んだ理由《りゆう》なのか。

「桜山凱斗君《さくらやまかいとくん》、あなたにお願《ねが》いがあります」

「なん、でしょうか」

「わたしの大事《だいじ》なものを守《まも》ってほしいの」

「守《まも》るって、何《なに》から？」

「怪盗《かいとう》スカルからよ」

そう言《い》われたとき、僕《ぼく》が真《ま》っ先《さき》にたずねたのは、どうして僕《ぼく》なのか、ということだった。

すると滝川《たきがわ》は言《い》った。

「だって桜山君《さくらやまくん》、何度《なんど》も怪盗《かいとう》スカルと戦《たたか》ってるんでしょ？」

「戦《たたか》うって、そんな感《かん》じじゃないけど……」

「でも、スカルが水坂《みずさか》さんの宝物《たからもの》を盗《ぬす》もうとしたのを防《ふせ》いだのよね？」

「どうして、それを知《し》ってるの？」

僕《ぼく》がびっくりしてきき返《かえ》すと、

「水坂《みずさか》さんとLINE友達《ともだち》で、よく情報交換《じょうほうこうかん》してるから」

滝川《たきがわ》は答《こた》えた。LINE？　そんなつながりがあったなんて。

「水坂《みずさか》さんと怜奈《れな》、同《おな》じアイドルが好《す》きなんだ……いてっ！」

説明《せつめい》してくれた陸《りく》の頭《あたま》を、滝川《たきがわ》がたたいた。

「余計《よけい》なことを言《い》わなくていいの。とにかく、水坂《みずさか》さんが桜山君《さくらやまくん》のことをすごくほめてたの。あの子《こ》は名探偵《めいたんてい》だって。でも、本当《ほんとう》かどうか確《たし》かめたかった。少《すく》なくとも陸《りく》より頭《あたま》が良《よ》くないと信用《しんよう》できないし」

「僕《ぼく》のレベルじゃダメなんだってさ」

陸《りく》が苦笑《くしょう》する。滝川《たきがわ》はそれも無視《むし》した。

「それに、あなたが名探偵《めいたんてい》ならパパも説得《せっとく》できるしね」

「パパ？　君《きみ》のお父《とう》さんがどういう関係《かんけい》があるの？」

「わたしも自分《じぶん》の大事《だいじ》なものを怪盗《かいとう》スカルから守《まも》りたい。でも危《あぶ》ないからダメだって言《い》われるのもわかってる。だから必要《ひつよう》だったのよ」

滝川《たきがわ》が言《い》った。

「パパが納得《なっとく》してくれる少年探偵《しょうねんたんてい》が」

「やっぱりすごいね。怪盗《かいとう》と戦《たたか》うなんてさ。凱斗《かいと》もアニメの主人公《しゅじんこう》みたいだ」

悠太《ゆうた》が感心《かんしん》したように言《い》った。やれやれ、こいつも結構《けっこう》お気楽《きらく》だ。話《はなし》の流《なが》れで一緒《いっしょ》についてきちゃってるけど。

「そんなにかっこいいもんじゃないよ」

僕《ぼく》はため息《いき》まじりに言《い》った。

今永《いまなが》さんの女神像《めがみぞう》はスカルに盗《ぬす》まれてしまった。

水坂《みずさか》さんの女神像《めがみぞう》はなんとか守《まも》ることができた。

怪盗《かいとう》スカルとの戦績《せんせき》は一勝《しょう》一敗《ぱい》。

そして……。

「でもまさか、滝川《たきがわ》さんが言《い》ってた『大事《だいじ》なもの』っていうのが、もうひとつの女神像《めがみぞう》だったなんて」

「わたしも、あの女神像《めがみぞう》の他《ほか》にもうふたつ、同《おな》じようなものがあったなんて知《し》らなかった」

「怪盗《かいとう》スカルって同《おな》じものばっかり盗《ぬす》んでるんだな。その女神像《めがみぞう》って、そんなに高価《こうか》なものなの？　何億円《なんおくえん》もするの？」

悠太《ゆうた》がたずねてきた。

「しないよ」

陸《りく》がすぐに答《こた》えた。

「僕《ぼく》も何度《なんど》か見《み》たことがあるけど水晶《すいしょう》を彫刻《ちょうこく》したものだ。水晶自体《すいしょうじたい》はそれほど高価《こうか》なものじゃない」

「じゃあ、作《つく》ったのが有名《ゆうめい》な芸術家《げいじゅつか》だったりとか？」

「どうだろうな。作者《さくしゃ》のことは僕《ぼく》も知《し》らない」

「染井作三《そめいさくぞう》だよ」

滝川《たきがわ》のパパが言《い》った。

「パパもよく知《し》らないんだが、この伏城市出身《ふしぎししゅっしん》の芸術家《げいじゅつか》なんだってさ。市内《しない》には作品《さくひん》がいくつかあるらしい。ほら、伏城駅前《ふしぎえきまえ》に水坂安章《みずさかやすあきら》の像《ぞう》が立《た》ってるだろ。あれも染井作三《そめいさくぞう》の作品《さくひん》だよ」

水坂安章《みずさかやすあきら》というのは昔《むかし》このあたりを治《おさ》めていた戦国武将《せんごくぶしょう》だ。女神像《めがみぞう》を盗《ぬす》まれかけた水坂《みずさか》静香《しずか》さんは、その子孫《しそん》なんだって。

「怪盗《かいとう》スカルって、今《いま》までどんなものを盗《ぬす》んできたの？」

陸《りく》にたずねられたので、僕《ぼく》は自分《じぶん》のメモ帳《ちょう》を取《と》り出《だ》す。そこに僕《ぼく》が調《しら》べた怪盗《かいとう》スカルの情報《じょうほう》が書《か》き込《こ》んであるんだ。

「えっと宝石店《ほうせきてん》で一番高価《いちばんこうか》なダイヤとか、すごく有名《ゆうめい》な画家《がか》の絵《え》とかだよ。あと伏城市《ふしぎし》でも女神像《めがみぞう》以外《いがい》に絵《え》を盗《ぬす》んでる。これは何百万《なんびゃくまん》もするものだったって」

「あの女神像《めがみぞう》は、そんなに高《たか》くないな。たぶん十万円《まんえん》くらいだよ」

滝川《たきがわ》のパパが言《い》う。

「染井作三《そめいさくぞう》も伏城市《ふしぎし》では有名《ゆうめい》だけど、全国的《ぜんこくてき》に名《な》が知《し》られた芸術家《げいじゅつか》ではないみたいだし、怪盗《かいとう》がわざわざ盗《ぬす》もうとするような価値《かち》のあるものとは思《おも》えないんだよなあ。親父《おやじ》もそんなに大事《だいじ》にしていなかったしね」

「でも、わたしには大事《だいじ》なものなの」

滝川《たきがわ》が言《い》った。

「だから、絶対《ぜったい》に盗《ぬす》まれたくない」

「その大事《だいじ》なものを怪盗《かいとう》スカルは盗《ぬす》むって予告《よこく》してきたんだよね？　いつ盗《ぬす》むって？」

僕《ぼく》は彼女《かのじょ》にたずねた。

「十二月《がつ》十五日《にち》、午後《ごご》十時《じ》だって」

今日《きょう》は十二月《がつ》十四日《か》だ。

「明日《あす》か。もう少《すこ》し早《はや》く教《おし》えてくれたら、母《かあ》さんと相談《そうだん》したり、いろいろ対策《たいさく》を考《かんが》えられたんだけど」

妙《みょう》な暗号《あんごう》で僕《ぼく》を試《ため》したりしなければいいのに、という気持《きも》ちを込《こ》めて言《い》った。

「わたしだって焦《あせ》ってたの。本当《ほんとう》はもっと早《はや》くに相談《そうだん》したかった」

滝川《たきがわ》は言《い》う。そういえばあのとき「時間《じかん》がない」って言《い》ってたな。

「怜奈《れな》が凱斗《かいと》のことを素直《すなお》に信用《しんよう》すればよかったんだけどな」

陸《りく》が代《か》わりに言《い》った。

「お母《かあ》さんが探偵事務所《たんていじむしょ》をやっているからって、息子《むすこ》も名探偵《めいたんてい》とは限《かぎ》らないってね」

「そんな失礼《しつれい》なこと言《い》ってない。ただ……」

滝川《たきがわ》は少《すこ》し言《い》いよどんでから、

「……ただ、本当《ほんとう》に怪盗《かいとう》スカルを相手《あいて》にできるかどうか確認《かくにん》しておきたかったの」

「試《ため》されたのは面白《おもしろ》くなかったなあ」

僕《ぼく》は冗談《じょうだん》めかして言《い》った。

「そのことは……謝《あやま》るから。ごめんなさい」

滝川《たきがわ》は初《はじ》めて後《うし》ろを振《ふ》り向《む》いて、僕《ぼく》に言《い》った。

「謝《あやま》らなくていいって。僕《ぼく》も相手《あいて》がスカルとわかれば、こっちからお願《ねが》いして行《い》きたいくらいなんだから」

——まさに、願《ねが》ったりかなったりだ。

不意《ふい》にコースケの声《こえ》が聞《き》こえた。やっぱり寝《ね》たふりをしているだけだったか。

——今度《こんど》こそスカルを捕《つか》まえてやるぞ。

うん、と僕《ぼく》は声《こえ》に出《だ》さずにうなずいた。

コースケの、父《とう》さんのためにもスカルの正体《しょうたい》を暴《あば》かなければ。

車《くるま》が停《と》まった。

「さあ、到着《とうちゃく》だ」

滝川《たきがわ》のパパが言《い》った。

「ここがパパの親父《おやじ》、怜奈《れな》と陸《りく》のお祖父《じい》ちゃん、滝川晋作《たきがわしんさく》の家《いえ》だよ」

2　女神像《めがみぞう》の作者《さくしゃ》

なんとなく想像《そうぞう》していたのは、大《おお》きな和風《わふう》の屋敷《やしき》だった。庭《にわ》にくねっとした松《まつ》の木《き》があって、家《いえ》は木造《もくぞう》で古《ふる》くて、もしかしたら蔵《くら》とかもあったりして、とか。

でも目《め》の前《まえ》にあったのは、たしかに大《おお》きいけど新《あたら》しい、住宅《じゅうたく》のＣＭに出《で》てくるような明《あか》るい雰囲気《ふんいき》の建物《たてもの》だった。

「五年前《ねんまえ》に建《た》て替《か》えたんだよ」

滝川《たきがわ》のパパがそう言《い》って、白《しろ》い門柱《もんちゅう》のインターフォンを押《お》した。

「憲次《けんじ》です。到着《とうちゃく》しました」

すると玄関《げんかん》のドアが開《ひら》いて、おじいさんが姿《すがた》を見《み》せた。黒《くろ》いスウェットの上下《じょうげ》を身《み》につけている。短《みじか》くした髪《かみ》は真《ま》っ白《しろ》で鼻《はな》の下《した》のヒゲも白《しろ》い。背《せ》が高《たか》くて歩《ある》きかたはしっかりしている。

「父《とう》さん、今日《きょう》は怜奈《れな》や陸《りく》の友達《ともだち》も連《つ》れてきました」

門柱《もんちゅう》のところまでやってきたおじいさんに、滝川《たきがわ》のパパが言《い》う。

「そうか」

晋作《しんさく》さん――滝川《たきがわ》と陸《りく》のお祖父《じい》さんは短《みじか》く言《い》うと、僕《ぼく》たちをひととおりながめてから、

「入《はい》んなさい」

そう言《い》って、さっさと背《せ》を向《む》けて家《いえ》に戻《もど》りはじめる。僕《ぼく》たちは憲次《けんじ》さん――滝川《たきがわ》のパパを先頭《せんとう》にして、その後《うし》ろについていった。

後《うし》ろから見《み》ると憲次《けんじ》さんと晋作《しんさく》さんの背格好《せかっこう》はよく似《に》ていた。どちらもかなり背《せ》が高《たか》い。一八〇センチ以上《いじょう》はあるかもしれない。でも性格《せいかく》は違《ちが》っているかも。憲次《けんじ》さんは穏《おだ》やかだけど、晋作《しんさく》さんは気難《きむずか》しいひとかもしれない。なんたって息子《むすこ》である憲次《けんじ》さんが敬語《けいご》で話《はな》しているくらいなんだから。

僕《ぼく》たちの中《なか》から滝川《たきがわ》がさっと抜《ぬ》け出《だ》して、先《さき》を行《い》く晋作《しんさく》さんに寄《よ》り添《そ》った。おじいさんは彼女《かのじょ》に目《め》を向《む》ける。その横顔《よこがお》にさっきにはなかった柔《やわ》らかい微笑《ほほえ》みが浮《う》かんでいた。

ああ、孫《まご》には優《やさ》しそうだ。またちょっと印象《いんしょう》が変《か》わった。

「怜奈《れな》はおじいちゃん子《こ》だからな」

陸《りく》がつぶやく。彼《かれ》も少《すこ》し笑《わら》っていた。

――どうやら晋作《しんさく》さんと孫《まご》たちとの関係《かんけい》は悪《わる》くないみたいだな。

僕《ぼく》に抱《だ》っこされているコースケが言《い》った。

家《いえ》に通《とお》され、結構広《けっこうひろ》いリビングに案内《あんない》された。壁《かべ》も天井《てんじょう》も白《しろ》くて大《おお》きなカーペットが敷《し》かれた、ドラマの中《なか》に出《で》てきそうな感《かん》じの部屋《へや》だ。真《ま》ん中《なか》に大《おお》きなソファのセットがコの字《じ》

形《がた》に置《お》かれていて、真《ま》ん中《なか》に四角《しかく》いテーブルがある。そのテーブルの上《うえ》に普通《ふつう》に、それは置《お》かれていた。

「……あ、これ、女神像《めがみぞう》？」

「そうだ」

驚《おどろ》きを思《おも》わず声《こえ》に出《だ》してしまった僕《ぼく》に、晋作《しんさく》さんは答《こた》えた。

透明《とうめい》な水晶《すいしょう》を彫《ほ》って作《つく》られた女神《めがみ》の像《ぞう》。今永《いまなが》さんの家《いえ》や水坂《みずさか》さんの家《いえ》で見《み》たものと、よく似《に》ている。

「いいんですか。こんなところに置《お》いといて」

僕《ぼく》がたずねると、晋作《しんさく》さんは、ふん、と鼻《はな》で笑《わら》って、

「今《いま》までだって玄関《げんかん》の下駄箱《げたばこ》の上《うえ》に置《お》いといたものだ。別《べつ》に気《き》にはならん」

と言《い》う。

「でも、怪盗《かいとう》スカルが狙《ねら》ってるんですよね？　気《き》をつけないと」

「スカルだかパスカルだか知《し》らんが、そんなものが本当《ほんとう》にいるわけがなかろう。そんな面倒《めんどう》なことをしなくとも、欲《ほ》しければ売《う》ってやる。いや、くれてやってもいいくらいだ」

「そんなのダメ！」

滝川《たきがわ》が怒《おこ》ったように言《い》った。

「これ、大事《だいじ》なものなんだから。泥棒《どろぼう》なんかに渡《わた》しちゃ絶対《ぜったい》にダメなんだから！」

孫《まご》に言《い》われ、晋作《しんさく》さんは苦笑《くしょう》を浮《う》かべる。

「怜奈《れな》にはかなわんな。わかった。誰《だれ》にもやらん。そもそも怪盗《かいとう》なんぞというものは、誰《だれ》かのいたずらに違《ちが》いない。あんまり心配《しんぱい》するな」

どうやら晋作《しんさく》さんは怪盗《かいとう》スカルのことを、全然信《ぜんぜんしん》じていないみたいだった。

――女神像《めがみぞう》については、いろいろと事情《じじょう》がありそうだな。

僕《ぼく》に抱《だ》っこされたままのコースケが言《い》った。

――凱斗《かいと》、女神像《めがみぞう》について情報《じょうほう》を聞《き》き出《だ》してくれ。

わかった、と言葉《ことば》ではなく背中《せなか》を軽《かる》く叩《たた》いて答《こた》える。そして晋作《しんさく》さんに言《い》った。

「この女神像《めがみぞう》、染井作三《そめいさくぞう》ってひとが作《つく》ったんですよね？　どれくらいの価値《かち》があるんですか」

「価値《かち》なんて言《い》えるほどのものはない」

晋作《しんさく》さんはそう答《こた》えると、女神像《めがみぞう》をちょっと乱暴《らんぼう》につかんで持《も》ち上《あ》げた。

「材質《ざいしつ》は水晶《すいしょう》だが、それほど質《しつ》のいいものではない。それに作《つく》ったのが染井作三《そめいさくぞう》だ。高値《たかね》で売買《ばいばい》されるような代物《しろもの》ではないな」

「染井作三《そめいさくぞう》って有名《ゆうめい》な芸術家《げいじゅつか》じゃないんですか。駅前《えきまえ》にも彼《かれ》が作《つく》った水坂安章《みずさかやすあきら》の像《ぞう》があるくらいだし」

「ああ、たしかに像《ぞう》が立《た》っている。あれを見《み》て、どう思《おも》う？　傑作《けっさく》だと思《おも》うか」

「それは……えっと……」

ちょっと答《こた》えにくい。あの像《ぞう》は目立《めだ》つところにあるから何度《なんど》も見《み》かけているけど、じっくり鑑賞《かんしょう》したこともないし、僕《ぼく》は芸術作品《げいじゅつさくひん》のことをよく知《し》らないから傑作《けっさく》かどうかなんて簡単《かんたん》には言《い》えない。

「だろう？　あんなの傑作《けっさく》とは言《い》えん」

僕《ぼく》のためらいを晋作《しんさく》さんは本音《ほんね》を隠《かく》していると勘違《かんちが》いしたみたいだった。そうじゃないと説明《せつめい》したかったけど、それより先《さき》に晋作《しんさく》さんが言葉《ことば》を続《つづ》けた。

「染井作三《そめいさくぞう》の全国的《ぜんこくてき》な評価《ひょうか》も同《おな》じだ。伏城市《ふしぎし》以外《いがい》ではほぼ無名《むめい》に近《ちか》い。逆《ぎゃく》に伏城市《ふしぎし》では一番《いちばん》有名《ゆうめい》な芸術家《げいじゅつか》だ。どうしてだかわかるか。無理《むり》やり彼《かれ》の作品《さくひん》を市内《しない》のあちこちに展示《てんじ》したからだ」

「無理《むり》やり？」

「そうだ。染井家《そめいけ》はもともと水坂安章《みずさかやすあきら》の家臣《かしん》だった。江戸時代《えどじだい》にもうまく立《た》ち回《まわ》り財産《ざいさん》を増《ふ》やした。明治《めいじ》にはこのあたり一帯《いったい》でも有数《ゆうすう》の資産家《しさんか》となっていた。作三《さくぞう》は昭和《しょうわ》の初《はじ》め頃《ごろ》に染井家《そめいけ》の当主《とうしゅ》、つまり主人《しゅじん》になった。市長《しちょう》も国会議員《こっかいぎいん》も作三《さくぞう》には頭《あたま》が上《あ》がらなかった。そんな作三《さくぞう》が趣味《しゅみ》にしていたのが彫刻《ちょうこく》だったんだ。本人《ほんにん》は彫刻《ちょうこく》が自分《じぶん》の本当《ほんとう》の仕事《しごと》だと思《おも》っていたようだが、そんなにたいした作品《さくひん》は残《のこ》していない。この女神像《めがみぞう》だって、そうだ」

晋作《しんさく》さんは持《も》っている像《ぞう》をダンベルみたいに上《あ》げ下《さ》げして、

「作三《さくぞう》の死後《しご》、俺《おれ》の親父《おやじ》がこれを手《て》に入《い》れた人間《にんげん》から押《お》しつけられて、しかたなく買《か》ったものだ。作三《さくぞう》は全部《ぜんぶ》で三体《たい》の女神像《めがみぞう》を作《つく》ったが、他《ほか》の二体《たい》も似《に》たようなものだろう」

「水晶《すいしょう》の女神像《めがみぞう》は全部《ぜんぶ》で三体《たい》なんですか」

僕《ぼく》がたずねると、

「そうだ。作三《さくぞう》はなぜだかこれだけは手離《てばな》さずにアトリエに置《お》いていたそうだが、死後《しご》の財《ざい》産整理《さんせいり》のときにばらばらに売《う》りに出《だ》された。その一体《たい》がまわりまわって今《いま》、ここにある」

晋作《しんさく》さんはそう説明《せつめい》して、女神像《めがみぞう》をテーブルに戻《もど》した。

「アトリエって何《なに》?」

悠太《ゆうた》がきくと、

「芸術家《げいじゅつか》の仕事場《しごとば》のことだ。彼《かれ》はそこに引《ひ》きこもって作品《さくひん》を作《つく》り続《つづ》けていた」

晋作《しんさく》さんが続《つづ》けて説明《せつめい》してくれた。

女神像《めがみぞう》は全部《ぜんぶ》で三体《たい》。そうか。じゃあ僕《ぼく》はその女神像《めがみぞう》を全部《ぜんぶ》見《み》たことがあるわけだ。

あらためて目《め》の前《まえ》の女神像《めがみぞう》を見《み》てみた。大《おお》きさは三つとも同《おな》じくらいだと思《おも》う。真《ま》っ直《す》ぐに立《た》っている姿《すがた》なのも同《おな》じだけど、手《て》の形《かたち》は違《ちが》っている。目《め》の前《まえ》の女神像《めがみぞう》は両手《りょうて》のてのひらを上《うえ》に向《む》けている。たしか今永《いまなが》さんのところの女神像《めがみぞう》は両手《りょうて》を重《かさ》ね合《あ》わせていたし、水坂《みずさか》さんの女神像《めがみぞう》はてのひらを合《あ》わせて拝《おが》むみたいな格好《かっこう》だった。

でも、それよりも気《き》になることがある。

「あの、僕《ぼく》もその女神像《めがみぞう》、持《も》ってみていいですか」

「かまわん」

晋作《しんさく》さんが許《ゆる》してくれたので、僕《ぼく》はそっと像《ぞう》を持《も》ち上《あ》げた。結構重《けっこうおも》い。落《お》とさないように気《き》をつけながら、上下《じょうげ》を引《ひ》っくり返《かえ》した。

「……やっぱり」

「何《なに》が『やっぱり』なの？」

滝川《たきがわ》の問《と》いかけに、

「さっき滝川《たきがわ》さんのお祖父《じい》さんが持《も》ち上《あ》げたときに女神像《めがみぞう》の底《そこ》が見《み》えたんだ。そのときに気《き》が付《つ》いたんだけど、ここ、変《へん》だと思《おも》わない？」

僕《ぼく》はみんなに像《ぞう》の底面《ていめん》を見《み》せた。不思議《ふしぎ》な模様《もよう》みたいなものが彫《ほ》られている。

「変《へん》な線《せん》だな。途中《とちゅう》で削《けず》るのをやめちゃったみたいだ」

悠太《ゆうた》が言《い》った。

「そう見《み》えるね」

僕《ぼく》は答《こた》えた。

「署名《しょめい》みたいなものかな？」

陸《りく》が言《い》った。

「そうかもしれない」

僕《ぼく》も言《い》った。

「それが、どうかしたの？」

滝川《たきがわ》がきいてくる。

「わからない。ただ気《き》になったんだ」

僕《ぼく》は正直《しょうじき》に答《こた》え、像《ぞう》を元《もと》に戻《もど》した。

「染井作三《そめいさくぞう》は気《き》まぐれな男《おとこ》だったそうだ。何《なん》の意味《いみ》もないことをしたのかもしれん」

晋作《しんさく》さんが言《い》った。

「彼《かれ》は自分《じぶん》で彫刻《ちょうこく》をするだけでなく、有名《ゆうめい》な彫刻《ちょうこく》を集《あつ》めてもいたそうだが、彼《かれ》の死後《しご》その一部《いちぶ》が行方不明《ゆくえふめい》になっていて見《み》つけることができなかった。自分《じぶん》が死《し》んだ後《あと》で誰《だれ》かのものになるのがイヤで捨《す》ててしまったのだと言《い》われている。そんな噂《うわさ》が流《なが》れてもおかしくないくらいの変人《へんじん》だった」

話《はなし》を聞《き》けば聞《き》くほど、もやもやした気持《きも》ちが胸《むね》の奥《おく》からわきだしてくる。どうして……。

――どうして怪盗《かいとう》スカルは、この女神像《めがみぞう》にこだわるんだ？

コースケが僕《ぼく》の気持《きも》ちを代弁《だいべん》するように、言《い》った。

そう。たいして価値《かち》のない女神像《めがみぞう》を盗《ぬす》もうとしている理由《りゆう》は、いったい何《なん》なのだろう……？

3　大事《だいじ》な思《おも》い出《で》

そして翌日《よくじつ》、怪盗《かいとう》スカルが女神像《めがみぞう》を盗《ぬす》むと予告《よこく》した十二月《がつ》十五日《にち》になった。

その日《ひ》も学校《がっこう》が終《お》わってから憲次《けんじ》さんの制限速度《せいげんそくど》を忠実《ちゅうじつ》に守《まも》る車《くるま》に乗《の》り、晋作《しんさく》さんの家《いえ》に向《む》かう。晋作《しんさく》さんはやっぱり難《むずか》しい顔《かお》をして僕《ぼく》たちを迎《むか》え入《い》れた。でもテーブルにお菓子《かし》とペットボトルのお茶《ちゃ》が置《お》いてあったところが昨日《きのう》とは違《ちが》っていた。少《すこ》しは僕《ぼく》たちを歓迎《かんげい》してくれる気持《きも》ちがあるのかもしれない。

「あ、月桂堂《げっけいどう》のクッキーだ。いただきまぁす」

悠太《ゆうた》が真《ま》っ先《さき》にお菓子《かし》に手《て》を伸《の》ばした。

僕《ぼく》はお茶《ちゃ》を飲《の》みながら、テーブルの上《うえ》の女神像《めがみぞう》を見《み》た。昨日《きのう》僕《ぼく》が置《お》いたときのままにされていたみたいだ。いくらスカルの予告日《よこくび》じゃなかったからって、ちょっと無防備《むぼうび》すぎるんじゃないかな。

そんなことを思《おも》いながらコースケに目《め》を向《む》けると、じっとクッキーを見《み》つめている。僕《ぼく》はそれをひとつ取《と》って割《わ》り、ひとかけらコースケにあげた。

――お、すまんな。

カリカリと音《おと》を立《た》ててクッキーを食《た》べながら、コースケが言《い》った。

――うん、やっぱり月桂堂《げっけいどう》の菓子《かし》は美味《うま》い。犬《いぬ》の舌《した》になってもわかる。

よかったね、と心《こころ》の中《なか》で言葉《ことば》を返《かえ》す。

「それで、今日《きょう》はどうやって女神像《めがみぞう》を守《まも》るの？」

悠太《ゆうた》が僕《ぼく》にきいてきた。

「とりあえず、こうやってみんなで見張《みは》っていればいいと思《おも》う」

何《なに》も考《かんが》えていないみたいな作戦《さくせん》だけど、考《かんが》えた末《すえ》の結論《けつろん》が、これだった。

「そうだね。みんなで監視《かんし》してれば、怪盗《かいとう》スカルも絶対《ぜったい》に盗《ぬす》めないね」

悠太《ゆうた》が気楽《きらく》に言《い》う。

「そう、だね……」

自分《じぶん》でそう言《い》っておいて、ちょっとだけ不安《ふあん》になる。これまでもスカルは突飛《とっぴ》な方法《ほうほう》で盗《ぬす》みを成功《せいこう》させている。油断《ゆだん》はできない。

クッキーを食《た》べながら、僕《ぼく》は隣《となり》に座《すわ》る滝川《たきがわ》を見《み》た。彼女《かのじょ》もだまってお茶《ちゃ》を飲《の》んでいる。

今日《きょう》、学校《がっこう》で滝川《たきがわ》と話《はな》したことを思《おも》い出《だ》した。

「滝川《たきがわ》さんは、どうしてあの女神像《めがみぞう》のことをそんなに気《き》にしてるの？」

そうたずねたとき、滝川《たきがわ》は教室《きょうしつ》の窓《まど》から外《そと》の景色《けしき》を見《み》ていた。

「気《き》にしてなんか、いない」

僕《ぼく》のほうを見《み》ないまま、そう答《こた》えた。

「でも、『わたしの大事《だいじ》なものを守《まも》ってほしい』って言《い》ってたよね？　女神像《めがみぞう》のことが大事《だいじ》なんでしょ？」

「違《ちが》う。わたしの大事《だいじ》なものは、あの像《ぞう》なんかじゃない」

「え？　そうなの？　じゃあ『大事《だいじ》なもの』って何《なん》なの？」

重《かさ》ねてたずねると、

「思《おも》い出《で》」

と、彼女《かのじょ》は言《い》った。

「お祖父《じい》ちゃんはあんまりあの像《ぞう》のことを好《す》きじゃないみたいだけど、去年《きょねん》死《し》んだお祖母《ばあ》ちゃんは違《ちが》った。玄関《げんかん》に飾《かざ》ったのもお祖母《ばあ》ちゃん。いつでも見《み》られる場所《ばしょ》に置《お》きたいって。毎《まい》日《にち》きれいに磨《みが》いて大切《たいせつ》にしてた。『どうしてそんなに好《す》きなの？』ってきいたら、『だって美《び》人《じん》さんだからね』って言《い》ってた。『怜奈《れな》ちゃんもきっと女神様《めがみさま》みたいになるよ。そうお祈《いの》りしてるからね』って。『わたしはあんなにきれいじゃない』って言《い》ったら、『そんなことないよ。怜奈《れな》ちゃんもきれいだよ』って」

滝川《たきがわ》は少《すこ》し笑《わら》った。

「お祖母《ばあ》ちゃん、孫《まご》を見《み》る目《め》が甘《あま》かったから」

そうでもないと思《おも》うけど、そんなこと言《い》ったら怒《おこ》りそうなので言《い》わなかった。代《か》わりにたずねた。

「滝川《たきがわ》さんが守《まも》りたいのは、お祖母《ばあ》ちゃんとの思《おも》い出《で》なんだね？」

「そう。あの像《ぞう》が盗《ぬす》まれたりしたら、お祖母《ばあ》ちゃんとの思《おも》い出《で》もなくなりそうな気《き》がする。だから、守《まも》りたい」

そして滝川《たきがわ》は、僕《ぼく》のほうを向《む》いた。

「桜山君《さくらやまくん》に、守《まも》ってほしい」

あのときの滝川《たきがわ》の真剣《しんけん》な目付《めつ》きを思《おも》い出《だ》すと、僕《ぼく》も背筋《せすじ》が伸《の》びるような気《き》がする。

今《いま》、彼女《かのじょ》の視線《しせん》はテーブルの上《うえ》の女神像《めがみぞう》に注《そそ》がれている。何《なに》を思《おも》っているのか、僕《ぼく》にはわからない。

「何《なに》か話《はな》そうよ。眠《ねむ》くなっちゃうよ」

悠太《ゆうた》が言《い》った。たしかにだまっていると頭《あたま》がぼんやりしてくる。

「怪盗《かいとう》スカルは誰《だれ》にでも変装《へんそう》できるって言《い》ってたね？　それ本当《ほんとう》？」

陸《りく》が僕《ぼく》にたずねてきた。

「本当《ほんとう》だよ。僕《ぼく》は実際《じっさい》に見《み》たし、記録《きろく》にも残《のこ》ってる」

僕《ぼく》は答《こた》える。

「大阪《おおさか》のギャラリーから絵《え》を盗《ぬす》んだときには警備員《けいびいん》に変装《へんそう》してたし、東京《とうきょう》では美術品《びじゅつひん》を持《も》っている家《いえ》のひとに化《ば》けてたんだって」

「すごいな。本当《ほんとう》にアニメみたいだ」

悠太《ゆうた》があくびしながら感心《かんしん》する。

「どうやって変装《へんそう》してるの？」

滝川《たきがわ》がきいてきた。

「警備員《けいびいん》なら制服《せいふく》だけ着《き》れば変装《へんそう》できるけど、家《いえ》のひとは服《ふく》を着替《きか》えても顔《かお》でわかっちゃうと思《おも》うんだけど」

「たしかにそうだね。顔《かお》だけじゃなく背格好《せかっこう》だって完全《かんぜん》に似《に》せることはできないだろうし」

陸《りく》が言《い》うと、

「誰《だれ》にでも変装《へんそう》できるって言《い》っても、女《おんな》のひとや子供《こども》には化《ば》けられないよな」

と、悠太《ゆうた》も同調《どうちょう》する。すると滝川《たきがわ》がたずねてきた。

「桜山君《さくらやまくん》が見《み》た怪盗《かいとう》スカルって、どんなだった？　身長《しんちょう》は？」

「えっと……身長《しんちょう》は……父《とう》さんと同《おな》じだったから一七〇センチくらいかな。でも身長《しんちょう》をごまかせる靴《くつ》とかあるし」

「そういう靴《くつ》を使《つか》って高《たか》く見《み》せることはできるけど、せいぜい十センチくらいでしょうね。だとするとスカルの身長《しんちょう》は一六〇センチ以上《いじょう》。実際《じっさい》の身長《しんちょう》より低《ひく》く見《み》せることはできないから、少《すく》なくとも一七〇センチ以上《いじょう》はないってことよね。つまり身長《しんちょう》は一六〇センチから一七〇センチくらいってこと。体型《たいけい》も太《ふと》って見《み》せることはできるけど、やせることは無理《むり》……」

言《い》っている滝川《たきがわ》は途中《とちゅう》であくびをした。それにつられて、僕《ぼく》もあくびをしてしまう。

「じゃあ、スカルは私《わたし》には変装《へんそう》できないわけだな」

憲次《けんじ》さんが言《い》った。たしかに憲次《けんじ》さんは背《せ》が高《たか》すぎる。怪盗《かいとう》スカルが変装《へんそう》できる範囲外《はんいがい》だ。

でも……。

あれ？　何《なに》か引《ひ》っかかるぞ。何《なん》だろう？

考《かんが》えようとしたけど、妙《みょう》に眠《ねむ》い。考《かんが》えがまとまらない。

――「私《わたし》」？

コースケの声《こえ》が聞《き》こえた。

――「私《わたし》」だって？

コースケは滝川《たきがわ》のパパを見《み》つめている。

コースケは何《なに》を気《き》にしているんだろう？

悠太《ゆうた》が大《おお》きく口《くち》を開《あ》けてあくびをする。

「眠《ねむ》いな……」

陸《りく》が目《め》をこすり、自分《じぶん》の頰《ほお》をぴしゃぴしゃとたたく。

「眠《ねむ》くなるにはまだ早《はや》いのに……」

そう言《い》いながら、目《め》がとろんとしている。

晋作《しんさく》さんはもう、うつらうつらとしている。僕《ぼく》の眠気《ねむけ》もどんどん強《つよ》くなってきた。目《め》を開《あ》けていることができないくらいだ。

憲次《けんじ》さんは……憲次《けんじ》さんは、笑《わら》っているみたいだ。

そのとき、やっと気《き》が付《つ》いた。

さっき憲次《けんじ》さんは、自分《じぶん》のことを「私《わたし》」と言《い》ったんだ。それまでずっと自分《じぶん》のことを「パパ」と言《い》ってたのに。

まさか。

「コースケ……」

足元《あしもと》にいるコースケに呼《よ》びかけた自分《じぶん》の声《こえ》も、どこか遠《とお》くから聞《き》こえるようだった。

だめ。もう無理《むり》……そう思《おも》った後《あと》、記憶《きおく》がなくなった。

4　盗《ぬす》まれた女神像《めがみぞう》

……と
うすぼんやりとした世界《せかい》で、何《なに》かが聞《き》こえた。
……いと
遠《とお》くから聞《き》こえるみたいだけど、何《なん》だろう。
……かいと。
僕《ぼく》の名前《なまえ》？　誰《だれ》かが呼《よ》んでるのかな？　でも誰《だれ》が——
「凱斗《かいと》！」

突然《とつぜん》、呼《よ》ぶ声《こえ》が間近《まぢか》に聞《き》こえて、目《め》が覚《さ》めた。

「んあ？」

あわててあたりを見回《みまわ》す。自分《じぶん》のいるところが、どこだかわからない。でも、すぐに思《おも》い出《だ》した。ああ、ここは滝川《たきがわ》のお祖父《じい》さん、晋作《しんさく》さんの家《いえ》だった。僕《ぼく》はここで……何《なに》をしてたんだっけ？

「おい、しっかりしろよ」

声《こえ》のするほうに目《め》を向《む》けると、悠太《ゆうた》が心配《しんぱい》そうな顔《かお》でこちらを見《み》ていた。

「悠太《ゆうた》？　どうかした？」

「どうかしたじゃないよ。やられちゃったよ」

「え？」

「だから、女神像《めがみぞう》だよ」

悠太《ゆうた》が指差《ゆびさ》したテーブルには飲《の》み物《もの》のコップやペットボトルやクッキーを載《の》せた皿《さら》の他《ほか》には何《なに》も置《お》かれていなかった。

何《なに》も……何《なに》も？

「……あ！」

やっと脳《のう》が目覚《めざ》めた。

「女神像《めがみぞう》がない⁉」

「そうだよ。なくなっちゃってるんだ」

他《ほか》のひとたち、滝川《たきがわ》や陸《りく》や晋作《しんさく》さんはソファにもたれて眠《ねむ》っている。悠太《ゆうた》とふたりがかりでみんなを起《お》こした。

「何《なん》だ？　何《なに》があった？」

晋作《しんさく》さんがぼんやりとした目《め》であたりを見回《みまわ》す。僕《ぼく》もさっき、あんなふうに状況《じょうきょう》が理解《りかい》できないまま、周囲《しゅうい》を見《み》ていたのだろう。滝川《たきがわ》も陸《りく》も似《に》たような感《かん》じだった。

「女神像《めがみぞう》がないんです」

僕《ぼく》が言《い》うと、みんながテーブルを見《み》て、

「え？」

「どうして？」

「何《なん》だと⁉」

同時《どうじ》に驚《おどろ》きの声《こえ》をあげた。

「そのかわりに、これが置《お》いてあったよ」

悠太《ゆうた》が一枚《まい》のカードを見《み》せた。そこにはドクロのマークが描《えが》かれていた。

時計《とけい》を見《み》ると午後《ごご》十時《じ》五分《ふん》。

「スカルだ。あいつが女神像《めがみぞう》を盗《ぬす》んだんだ。でも一体《いったい》どうやって？」

僕《ぼく》が言《い》うと、陸《りく》がペットボトルを手《て》に取《と》った。

「これかもしれない」

ペットボトルにはお茶《ちゃ》が少《すこ》し残《のこ》っている。

「みんながみんな、一斉《いっせい》に眠《ねむ》っちゃうなんておかしい」

そう言《い》われて、僕《ぼく》も気《き》が付《つ》いた。

「お茶《ちゃ》の中《なか》に睡眠薬《すいみんやく》が入《はい》ってたのか」

「ああ。俺《おれ》たちが寝《ね》ている間《あいだ》にスカルの奴《やつ》、まんまと女神像《めがみぞう》を盗《ぬす》み出《だ》してしまったんだ」

そういうことか。僕《ぼく》はくやしかった。みんなで監視《かんし》しているから大丈夫《だいじょうぶ》だと思《おも》っていたのに、こんなことになるなんて……。

そのとき、滝川《たきがわ》が急《きゅう》に、

「パパは？　パパはどこ？」

あたりを見回《みまわ》した。そういえば憲次《けんじ》さんの姿《すがた》がない。

「先《さき》に目《め》が覚《さ》めて、どこかに行《い》ったのかな？」

陸《りく》はそう言《い》った後《あと》、

「いや、僕《ぼく》たちを起《お》こさずにどこかに行《い》くわけがないか」

と、自分《じぶん》の意見《いけん》を否定《ひてい》する。

「どこに行《い》ったんだろう？　ねえコー……」

コースケに呼《よ》びかけようとして、僕《ぼく》は気《き》がついた。コースケもいない。

「コースケ？　コースケ！」

大声《おおごえ》で呼《よ》んでみたけど、返事《へんじ》はない。

「どうしよう。パパに何《なに》かあったのかな……？」

いつになく不安《ふあん》そうに滝川《たきがわ》が言《い》う。僕《ぼく》もコースケのことが心配《しんぱい》だ。

「女神像《めがみぞう》も大事《だいじ》だけど、まずはふたり、いや、憲次《けんじ》さんとコースケを捜《さが》そう」

そう言《い》って僕《ぼく》はリビングを出《で》た。晋作《しんさく》さんも滝川《たきがわ》も陸《りく》も悠太《ゆうた》も一緒《いっしょ》にやってくる。五人《にん》で手分《てわ》けして家中《いえじゅう》を捜《さが》しまわった。でも憲次《けんじ》さんもコースケも、どこにもいなかった。

「どうしたんだろう……」

どんどん不安《ふあん》になってくる。

晋作《しんさく》さんは家《いえ》を出《で》て外《そと》を見《み》に行《い》った。僕《ぼく》はもう一度《いちど》滝川《たきがわ》たちと一緒《いっしょ》に家《いえ》の中《なか》を捜《さが》す。押《お》し入《い》れや納戸《なんど》まで捜《さが》したけど、どちらもいなかった。

「パパ……」

僕《ぼく》と同《おな》じように不安《ふあん》になっているらしい滝川《たきがわ》が廊下《ろうか》に座《すわ》り込《こ》み、手《て》で顔《かお》をおおった。

「パパ……どこにいるの？」

「大丈夫《だいじょうぶ》、見《み》つかるって」

陸《りく》が滝川《たきがわ》の肩《かた》に手《て》をかける。そんな陸《りく》だって、とても不安《ふあん》そうな顔《かお》をしていた。

そのとき、

「いたぞ！」

玄関《げんかん》を開《あ》けて晋作《しんさく》さんが飛《と》び込《こ》んできた。

「駐車場《ちゅうしゃじょう》だ！」

僕《ぼく》は靴《くつ》もはかずに外《そと》に飛《と》び出《だ》した。

僕《ぼく》たちを乗《の》せてこの家《いえ》に来《き》た車《くるま》が、街灯《がいとう》の明《あ》かりに照《て》らされている。運転席《うんてんせき》に誰《だれ》か座《すわ》っているみたいだった。僕《ぼく》は車《くるま》のドアを開《ひら》いた。

憲次《けんじ》さんがぼんやりとした顔《かお》をしてこちらを見《み》た。

「……ああ、桜山君《さくらやまくん》か。どうかしたのかな?」

「どうかしたのかなって、おじさんこそどうしたんですか。どうして車《くるま》に乗《の》ってるんですか」

「車《くるま》? ああ、自分《じぶん》の車《くるま》に乗《の》ってるじゃないか。なぜなんだ?」

「わからないんですか」

「うん。記憶《きおく》があいまいなんだ。たしか……トイレに行《い》って、戻《もど》ろうとしたときに後《うし》ろから誰《だれ》かに抱《だ》きつかれて、その後《あと》すごく甘《あま》い匂《にお》いがして急《きゅう》に頭《あたま》がぼんやりとして……だめだ、その後《あと》のことは思《おも》い出《だ》せない。気《き》が付《つ》いたら親父《おやじ》が窓《まど》の外《そと》から呼《よ》んでて、そして今《いま》、君《きみ》が目《め》の前《まえ》にいるんだ。どういうことなんだろう?」

「何《なに》か薬《くすり》をかがされて眠《ねむ》らされたんですよ」

僕《ぼく》は自分《じぶん》の考《かんが》えを言《い》った。

「パパ、大丈夫《だいじょうぶ》? 立《た》てる?」

滝川《たきがわ》が気《き》づかわしそうにきく。

「ああ、立《た》てる、と思《おも》う」

そう言《い》って憲次《けんじ》さんはゆっくり車《くるま》から出《で》てくる。少《すこ》し足《あし》をふらつかせたので、僕《ぼく》は急《いそ》いで体《からだ》を支《ささ》えた。

「おお、ありがとう。ありがとう」

何度《なんど》も礼《れい》を言《い》う憲次《けんじ》さんを陸《りく》と晋作《しんさく》さんに任《まか》せて、僕《ぼく》は車《くるま》の中《なか》を調《しら》べてみた。でも、コースケの姿《すがた》はなかった。

どこに行《い》ったんだろう？　心配《しんぱい》で心配《しんぱい》で頭《あたま》がおかしくなりそうだったけど、今《いま》は冷静《れいせい》にならなきゃいけない。

「おじさん、質問《しつもん》したいんですけど」

僕《ぼく》は心《こころ》を落《お》ち着《つ》けて憲次《けんじ》さんにたずねた。

「おじさんが意識《いしき》をなくしたのは、何時《なんじ》ごろですか」

「何時《なんじ》だったかな……トイレに行《い》ったのは夕食《ゆうしょく》の後《あと》すぐだったと思《おも》うが」

「じゃあ、午後《ごご》七時半《じはん》くらいですね」

「そうだな。それくらいだったと思《おも》う」

「それはおかしいな」

そう言《い》ったのは、陸《りく》だった。

「夕飯《ゆうはん》の後《あと》も伯父《おじ》さんは僕《ぼく》らと一緒《いっしょ》にいたよ」

「そう。たしかに眠《ねむ》くなってしまったときまで、パパはわたしの隣《となり》にいた」

滝川《たきがわ》も言《い》う。

「そんなの、記憶《きおく》にないなあ」

憲次《けんじ》さんは首《くび》をひねった。

「じゃあ、あのパパは誰《だれ》なの？」

滝川《たきがわ》の言葉《ことば》に、僕《ぼく》は眠《ねむ》ってしまう前《まえ》のことを思《おも》い出《だ》した。

「あれは、憲次《けんじ》さんじゃない。だって、自分《じぶん》のことを『私《わたし》』って言《い》ったんだ。それまではずっと『パパ』って言《い》ってたのに」

「あ、たしかにパパは自分《じぶん》のことをいつでも『パパ』って言《い》ってる。でも……じゃあ、あのパパは……？」

「……やっぱり、スカルだったんだ」

僕《ぼく》は言《い》った。

「え？」

「みんなが滝川《たきがわ》さんのパパだと思《おも》っていたのは、怪盗《かいとう》スカルの変装《へんそう》だったんだ」

「そんな……そんなことって……」

滝川《たきがわ》が両手《りょうて》で口《くち》もとをおおった。

「いや、それはおかしいよ」

陸《りく》がすかさず反論《はんろん》した。

「ちょうど僕《ぼく》たちが眠《ねむ》ってしまう前《まえ》に、怪盗《かいとう》スカルの変装《へんそう》の限界《げんかい》について話《はな》してただろ。背《せ》を高《たか》く見《み》せることはできても低《ひく》く見《み》せることはできないって。そして凱斗《かいと》が見《み》た怪盗《かいとう》スカルの背格好《せかっこう》から考《かんが》えて、どんなにうまく変装《へんそう》できたとしても身長《しんちょう》は一六〇センチから一七〇センチくらいであることは間違《まちが》いない」

「そう。そう言《い》った」

滝川《たきがわ》がうなずき、そして自分《じぶん》の父親《ちちおや》を見《み》る。

「パパの身長《しんちょう》、一八〇センチだったよね？」

「正確《せいかく》には一八五センチだよ」

僕《ぼく》が見《み》た怪盗《かいとう》スカルより大《おお》きい。どんなに上手《じょうず》に変装《へんそう》したとしても憲次《けんじ》さんには化《ば》けられないだろう。

「じゃあ、あのおじさんはスカルじゃない？　他《ほか》の誰《だれ》かが変装《へんそう》してたのか。でも、誰《だれ》が

「……？」

「今《いま》それを考《かんが》えてみてもしかたないよ。女神像《めがみぞう》の行方《ゆくえ》を突《つ》き止《と》めないと」

陸《りく》が言《い》った。

「そして、凱斗《かいと》のコースケの行方《ゆくえ》もね」

そうだ。それが一番《いちばん》の心配事《しんぱいごと》だったんだ。

そのとき、僕《ぼく》は自分《じぶん》がうっかりと大事《だいじ》なことを忘《わす》れていたのに気《き》が付《つ》いた。

「そうだった！　あれがあるんだ！」

急《いそ》いでスマホを取《と》り出《だ》す。

「何《なに》があるって？」

悠太《ゆうた》がきいてくる。僕《ぼく》は答《こた》えた。

「スマートタグだよ」

「スマート、タグ？　何《なに》それ？」

「スマホと連係《れんけい》して使用《しよう》する小型《こがた》の通信機《つうしんき》。これをコースケの首輪《くびわ》に付《つ》けてあるんだよ」

元《もと》はといえば、母《かあ》さんがペットフードのアンケートに答《こた》えたら、抽選《ちゅうせん》で当《あ》たってもらえたものだ。ふたつあったからクララとコースケにひとつずつ付《つ》けてある。コースケは、

――俺《おれ》は迷子《まいご》なんかにならないぞ。

って文句《もんく》言《い》ってたけど、せっかくもらえたものなんだからって付《つ》けさせたんだ。まだ一度《いちど》も使《つか》ったことはなかったんだけど。

スマホにインストールしてあるアプリを起動《きどう》させる。地図上《ちずじょう》に点《てん》が三つ表示《ひょうじ》された。ひとつは僕《ぼく》の家《いえ》。これはクララがいるからだ。残《のこ》りが僕《ぼく》の現在地《げんざいち》とコースケの位置《いち》だ。地図《ちず》を拡大《かく》させ、場所《ばしょ》を確認《かくにん》する。

「……ここから三キロくらい離《はな》れたところにいるみたいだ」

「どうしてそんなところに？」

滝川《たきがわ》が首《くび》を傾《かし》げる。僕《ぼく》もそれが不思議《ふしぎ》だった。コースケはどうしてそんなところにいるんだろう？

僕《ぼく》たちが睡眠薬《すいみんやく》で眠《ねむ》らされているうちにスカルが（本当《ほんとう》に憲次《けんじ》さんに化《ば》けていたのかどうかわからないけど）女神像《めがみぞう》を盗《ぬす》み出《だ》した。そのとき、お茶《ちゃ》を飲《の》んでいないコースケは眠《ねむ》っていなかったはずだ。だとしたら……。

「……コースケはスカルを追《お》いかけていったのかも」

僕《ぼく》は自分《じぶん》の考《かんが》えを口《くち》にした。

「じゃあ、コースケがいるところにスカルもいるってことか」

陸《りく》が言葉《ことば》を返《かえ》す。

「行《い》ってみよう」

悠太《ゆうた》が言《い》う。

「三キロくらいなら車《くるま》ですぐじゃん」

「でも、パパはまだ運転《うんてん》できないと思《おも》う」

滝川《たきがわ》が言《い》った。たしかに憲次《けんじ》さんはまだ頭《あたま》がぼんやりしているみたいだ。

「俺《おれ》の車《くるま》で行《い》こう」

晋作《しんさく》さんが答《こた》えた。

「桜山君《さくらやまくん》、案内《あんない》を頼《たの》む」

5 追跡《ついせき》

ちょっとびっくりしたのは、晋作《しんさく》さんの車《くるま》がトラックだったことだ。それも後部座席《こうぶざせき》もあるすごく大《おお》きなの。ピックアップトラックっていうんだって。座席《ざせき》が高《たか》いところにあって乗《の》り込《こ》むのも少《すこ》し大変《たいへん》だった。

僕《ぼく》は運転《うんてん》する晋作《しんさく》さんに場所《ばしょ》を教《おし》えるために、助手席《じょしゅせき》に乗《の》った。後《うし》ろには陸《りく》と悠太《ゆうた》と滝川《たきがわ》が乗《の》っている。最初《さいしょ》は危険《きけん》だから待《ま》っているようにって晋作《しんさく》さんに言《い》われたんだけど、三人《にん》とも一緒《いっしょ》に行《い》くといって聞《き》かなかった。ここでもめても時間《じかん》がかかるだけだから、しかたなく三人《にん》を乗《の》せたんだ。

「本当《ほんとう》なら桜山君《さくらやまくん》も連《つ》れていきたくはない。俺《おれ》ひとりで行《い》くべきなんだ」

車《くるま》を運転《うんてん》しながら晋作《しんさく》さんが文句《もんく》を言《い》うと、

「お祖父《じい》ちゃんひとりなんてそんなの、逆《ぎゃく》に危《あぶ》ないってば」

滝川《たきがわ》に言《い》い返《かえ》された。晋作《しんさく》さんは「ふん」って鼻《はな》で不満《ふまん》をもらして、でもそれ以上《いじょう》は何《なに》も言《い》わなかった。

僕《ぼく》はずっとスマホを見《み》つめていた。コースケの居場所《いばしょ》を示《しめ》す点《てん》は動《うご》かない。

そこにスカルもいるのだろうか。そう思《おも》うと、ちょっと体《からだ》が震《ふる》えそうになる。怖《こわ》いからではなくて、スカルとまた対面《たいめん》できることに興奮《こうふん》しているからだ。父《とう》さんとスカルの関係《かんけい》が、これでわかるかもしれない。

「桜山君《さくらやまくん》、こっちの方向《ほうこう》でいいんだな？」

晋作《しんさく》さんにきかれ、僕《ぼく》は気持《きも》ちを切《き》り替《か》えてスマホの画面《がめん》を見《み》つめた。

「大丈夫《だいじょうぶ》、こっちです。この道《みち》をあと……二百メートルくらい走《はし》った先《さき》みたい」

僕《ぼく》がそう言《い》うと、

「……まさかな……」

運転《うんてん》しながら晋作《しんさく》さんがつぶやいた。

「まさかって、なに？」

滝川《たきがわ》がたずねる。晋作《しんさく》さんは前《まえ》を向《む》いたまま言《い》った。

「この二百メートル先《さき》なら、俺《おれ》もよく知《し》っているところだ。そこに一軒《けん》の家《いえ》がある。今《いま》はもう誰《だれ》も住《す》んでいないが、かつてそこは染井作三《そめいさくぞう》のアトリエだった」

「染井作三《そめいさくぞう》？　女神像《めがみぞう》の作者《さくしゃ》の？」

僕《ぼく》がきくと、晋作《しんさく》さんはうなずいた。

「そこは染井作三《そめいさくぞう》が収 集《しゅうしゅう》した美術品《びじゅつひん》の収蔵庫《しゅうぞうこ》でもあったそうだが、彼《かれ》の死後《しご》に一番高価《いちばんこうか》な美術品《びじゅつひん》が消《き》えてしまって見《み》つからなかったと言《い》われている」

「誰《だれ》かが盗《ぬす》んだんですか。もしかしてスカルが？」

僕《ぼく》の問《と》いに、

「わからんな。相当《そうとう》な価値《かち》のある彫刻《ちょうこく》と聞《き》いているが」

消《き》えた美術品《びじゅつひん》か。なんだかスカルが関係《かんけい》しているような気《き》がする。でも、どうしてスカルはそんなところに行《い》ったんだろう？

考《かんが》え込《こ》んでいるうちに、車《くるま》が停《と》まった。

「この道《みち》を外《はず》れた先《さき》に、アトリエがある。このまま車《くるま》で乗《の》り付《つ》けたら気《き》付《づ》かれてしまうから、ここで停《と》めておく。おまえたちはここで待《ま》っていろ」

「僕《ぼく》は行《い》きます」

そう言《い》って、僕《ぼく》は助手席《じょしゅせき》のドアを開《あ》けた。

「コースケはうちの犬《いぬ》です。僕《ぼく》が責任《せきにん》を持《も》って連《つ》れて帰《かえ》ります」

「わたしもいや」

滝川《たきがわ》も拒否《きょひ》した。

「僕《ぼく》も行《い》きます」

「俺《おれ》も」

陸《りく》も悠太《ゆうた》もそう言《い》って車《くるま》を降《お》りた。

「……しかたないな。危《あぶ》なくなったらすぐに逃《に》げるんだぞ」

晋作《しんさく》さんはしぶしぶ、僕《ぼく》たちが一緒《いっしょ》に行《い》くのを認《みと》めてくれた。

明《あ》かりもない真《ま》っ暗《くら》な道《みち》を、僕《ぼく》らはスマホのライトだけを頼《たよ》りに歩《ある》いた。しばらく行《い》くと、前《まえ》のほうにほのかな明《あ》かりが見《み》えた。

「あそこだ」

晋作《しんさく》さんが指差《ゆびさ》す。暗《くら》くてよく見《み》えないけど、四角《しかく》っぽい建物《たてもの》のようなものがあった。明《あ》かりはその窓《まど》から漏《も》れている。まわりにはそれ以外《いがい》の建物《たてもの》はないみたいだった。

気付《きづ》かれないようスマホのライトを足元《あしもと》だけに向《む》けて、ゆっくりと歩《ある》く。建物《たてもの》の前《まえ》に門《もん》があったけど、晋作《しんさく》さんが押《お》したら開《ひら》いた。

僕《ぼく》は門《もん》に掛《か》けられているプレートをライトで照《て》らしてみた。「Somei's atelier & museum《ソメイズ アトリエアンドミュージアム》」と英語《えいご》で記《しる》されている。これ、「染井《そめい》のアトリエと美術館《びじゅつかん》」って書《か》いてあるのかな？　もっとよく見《み》ようと目《め》を近《ちか》づけてみた。

——遅《おそ》かったな。

いきなり声《こえ》がした。

「わっ！」

僕《ぼく》は思《おも》わず大声《おおごえ》をあげてしまった。

Somei's
atelier&museum

「どうした？」

「どうしたの？」

「何《なに》があった⁉」

みんなから声《こえ》をかけられた。僕《ぼく》はスマホの明《あ》かりをあらためて足元《あしもと》に向《む》けた。

光《ひかり》の中《なか》に、一頭《とう》の犬《いぬ》の姿《すがた》が浮《う》かび上《あ》がる。

——まぶしいよ。やめてくれ。

「コースケ！　無事《ぶじ》だった？」

僕《ぼく》はコースケを抱《だ》き上《あ》げた。

——俺《おれ》は大丈夫《だいじょうぶ》。おまえたちこそ無事《ぶじ》か。みんな眠《ねむ》らされていたが。

「みんな、ちゃんと起《お》きたよ。お茶《ちゃ》の中《なか》に睡眠薬《すいみんやく》が入《はい》ってたみたいだ」

——そのようだな。いきなりみんな眠《ねむ》りこけてしまったのでびっくりしたぞ。ひとりを除《のぞ》いてな。

「ひとりって、滝川《たきがわ》さんのパパ？」

——そうだ。彼《かれ》は他《ほか》のみんなが眠《ねむ》ってしまったことを確認《かくにん》すると、女神像《めがみぞう》を持《も》って出《で》て行《い》ってしまった。だから俺《おれ》は、彼《かれ》を追《お》いかけてここまで来《き》たんだ。

「あれは滝川《たきがわ》さんのパパじゃないよ。本物《ほんもの》は車《くるま》の中《なか》で見《み》つかったんだ」

――やっぱりな。奴《やつ》は間違《まちが》いなく、怪盗《かいとう》スカルだ。

「スカル？　でも身長《しんちょう》からするとスカルが変装《へんそう》しているとは思《おも》えないんだけど……あ、もしかしてスカルの仲間《なかま》なのかも」

――その可能性《かのうせい》もあるが……。

僕《ぼく》の思《おも》いつきにコースケは全面的《ぜんめんてき》には賛成《さんせい》してくれなかった。

「どうしたの？」

――滝川《たきがわ》さんのお父《とう》さんに扮装《ふんそう》した奴《やつ》、女神像《めがみぞう》を手《て》に取《と》ったあとで、俺《おれ》に向《む》かって怪盗《かいとう》スカルのカードをこれ見《み》よがしに見《み》せたんだ。それをテーブルに置《お》きながら「みんなが起《お》きたら、女神像《めがみぞう》は間違《まちが》いなくこの怪盗《かいとう》スカルが頂戴《ちょうだい》したと伝《つた》えてくれよ。まあ、犬の君《きみ》に頼《たの》むのも無理《むり》な話《はなし》かな」なんて言《い》って笑《わら》ったんだ。

「そんなことを？　僕《ぼく》ら、馬鹿《ばか》にされてる？」

――問題《もんだい》はそこじゃない。奴《やつ》は「女神像《めがみぞう》はこの怪盗《かいとう》スカルが頂戴《ちょうだい》した」と言《い》った。つまり自分《じぶん》がスカルだと宣言《せんげん》したんだ。

「じゃあ、やっぱり奴《やつ》がスカル……？　でも――」

「ちょっと桜山君《さくらやまくん》。さっきから何《なに》をひとりでしゃべってるの？」

いきなり滝川《たきがわ》に言《い》われて、気《き》が付《つ》いた。興奮《こうふん》しすぎて普通《ふつう》にコースケとしゃべってるところをみんなに見《み》せてしまっていたんだ。これはまずい。

「え、あの……僕《ぼく》、しゃべりながら考《かんが》えをまとめてたんだよ」

慌《あわ》てて言《い》い訳《わけ》をする。滝川《たきがわ》も陸《りく》も晋作《しんさく》さんも疑《うたが》わしそうな目《め》で僕《ぼく》を見《み》ている。

「凱斗《かいと》って、そういうとこ、あるよね」

悠太《ゆうた》だけは素直《すなお》に信《しん》じてくれたようだけど。

――スカルはあの建物《たてもの》の中《なか》にいる。窓《まど》から見《み》えるはずだが、俺《おれ》の背丈《せたけ》では中《なか》をのぞけないんだ。すぐに調《しら》べてくれ。

コースケが言《い》った。

「とにかく、僕《ぼく》の考《かんが》えだと、スカルはあの家《いえ》の中《なか》にいる。すぐに調《しら》べよう」

そう言《い》うとコースケを抱《だ》きかかえたままアトリエに向《む》かった。

薄明《うすあ》かりの見《み》える窓《まど》を、そっとのぞき込《こ》む。そこは一階《かい》の、とても広《ひろ》い部屋《へや》だった。たぶん染井作三《そめいさくぞう》はここで作品《さくひん》を作《つく》っていたんだろう。部屋《へや》の真《ま》ん中《なか》には大《おお》きな作業台《さぎょうだい》がある。

その作業台《さぎょうだい》の向《む》こうに、男《おとこ》がひとり立《た》っていた。そして作業台《さぎょうだい》には、ふたつの女神像《めがみぞう》が置《お》かれていた。それともうひとつ、粘土《ねんど》を歪《ゆが》んだ円柱《えんちゅう》みたいな形《かたち》にしたものもある。

女神像《めがみぞう》は晋作《しんさく》さんの家《いえ》から盗《ぬす》んだものと、以前《いぜん》に今永《いまなが》さんのところから盗《ぬす》んだ女神像《めがみぞう》に違《ちが》いない。粘土《ねんど》みたいな固《かた》まりは、なんだかよくわからないけど。

女神像《めがみぞう》を見《み》つめていた男《おとこ》が、顔《かお》をあげた。間違《まちが》いなく憲次《けんじ》さんだった。僕《ぼく》の隣《となり》で滝川《たきがわ》が息《いき》を呑《の》むのが聞《き》こえた。

「何《なに》をしてるんだろ？」

悠太《ゆうた》が不思議《ふしぎ》そうに言《い》う。

「ねえ、何《なに》をしてるのかわかる？」

僕《ぼく》にきかれても困《こま》るんだけど。そもそも今《いま》、あんまり声《こえ》を出《だ》してほしくないし。

そう言《い》って注意《ちゅうい》しようとしたとき、いきなりのぞき込《こ》んでいた窓《まど》が音《おと》を立《た》てて開《ひら》いた。

「やあ、来《き》たね」

憲次《けんじ》さんの顔《かお》をした男《おとこ》が、言《い》った。

「ちょうどいい。手伝《てつだ》ってくれないかな」

6　スカルの正体《しょうたい》

　アトリエにはいろいろなものが置《お》かれていた。頭《あたま》、腕《うで》、足《あし》、人間《にんげん》の胸《むね》のあたりから上《うえ》だけ。もちろん全部《ぜんぶ》、本物《ほんもの》じゃない。作《つく》りかけらしい彫刻《ちょうこく》の一部《いちぶ》だ。そうだとわかっても、やっぱり気味《きみ》が悪《わる》かった。

　目《め》の前《まえ》に憲次《けんじ》さんそっくりな顔《かお》をした男《おとこ》がいるのも、気味《きみ》が悪《わる》い。

「おまえは、誰《だれ》だ？」

　晋作《しんさく》さんがたずねた。

「自己紹介《じこしょうかい》は済《す》ませたと思《おも》うけどね」

　男《おとこ》は言《い》った。

「ほら、テーブルにカードを置《お》いてきたはずだが」

「怪盗《かいとう》スカルとかいう、こそ泥《どろ》か」

「こそ泥《どろ》とは人聞《ひとぎ》きが悪《わる》いね。私《わたし》はこそこそしたことが嫌《きら》いだ。だから仕事《しごと》をするときには前《まえ》もって連絡《れんらく》を入《い》れるし、終《お》わった後《あと》でもカードを置《お》いて挨拶《あいさつ》しているんだよ。滝川《たきがわ》さん、あなたのところからもそうやって」

と、男《おとこ》──怪盗《かいとう》スカルは女神像《めがみぞう》のひとつを手《て》に取《と》った。

「この像《ぞう》を頂戴《ちょうだい》した。こそ泥《どろ》という侮辱的《ぶじょくてき》な呼《よ》びかたは撤回《てっかい》していただきたいな」

「独《ひと》りよがりなことを言《い》うな！　それを返《かえ》せ！」

「おや？　あなたはこの女神像《めがみぞう》にあまり思《おも》い入《い》れはなかったのでは？　玄関《げんかん》に置《お》きっぱなしにしてほこりがかぶるままにしていたじゃないか」

「泥棒《どろぼう》に盗《ぬす》まれるとなると話《はなし》は別《べつ》だ。返《かえ》せ！」

「言《い》われなくても、お返《かえ》しするよ。用《よう》が済《す》んだらね。桜山凱斗《さくらやまかいと》君《くん》、手伝《てつだ》ってくれないか」

急《きゅう》に名前《なまえ》を呼《よ》ばれて、僕《ぼく》はびっくりした。

「え？　手伝《てつだ》う？　何《なに》を？」

「この作業台《さぎょうだい》をずらすんだ。ふたりのほうが楽《らく》だからね。頼《たの》めるかな？」

「あ、うん」

あまりに穏《おだ》やかな物言《ものい》いだったので、ついうなずいてしまった。

「ありがとう。あ、その犬《いぬ》はおとなしくさせておいてくれよな。この前《まえ》はひどい目《め》にあったんだから」

「おとなしくしてるかどうかはコースケに聞《き》いてよ」

そう言《い》って抱《だ》いていたコースケを床《ゆか》に下《お》ろした。もしかしたらいきなりスカルに飛《と》びつくんじゃないかと思《おも》ったけど、じっとしているようだった。何《なに》も言《い》わないからコースケが何《なに》を考《かんが》えているのか、わからない。

女神像《めがみぞう》と粘土《ねんど》の固《かた》まり――実際《じっさい》はちょっと重《おも》い樹脂《じゅし》でできていた――を作業台《さぎょうだい》から床《ゆか》に移《うつ》すと、僕《ぼく》とスカルでその作業台《さぎょうだい》の両端《りょうたん》を持《も》って、壁際《かべぎわ》にずらした。フローリング、つまり木《き》でできた床《ゆか》が見《み》えるようになっただけで特《とく》におかしなところはない、ように見《み》えた。でもコースケが床《ゆか》のあたりをくんくんとかぐのを見《み》て、僕《ぼく》も目《め》をこらした。そして気《き》がついた。一か所《しょ》だけ、木《き》の色合《いろあ》いが変《か》わっているところがある。

「これって……」

「さすが名探偵桜山耕助《めいたんていさくらやまこうすけ》の息子《むすこ》さんだ。もう気《き》づいたようだね」

スカルが言《い》う。僕《ぼく》はうなずき、色《いろ》の変《か》わっている部分《ぶぶん》に触《ふ》れてみた。思《おも》ったとおり、そこだけ動《うご》きそうだった。指《ゆび》をかけて引《ひ》っぱると、あっさりと床《ゆか》の一部《いちぶ》が持《も》ち上《あ》がる。

「染井作三《そめいさくぞう》は大事《だいじ》なものをここに隠《かく》していたんだよ。うまく隠《かく》したつもりだろうが、何度《なんど》か隠《かく》し扉《とびら》を開《あ》け閉《し》めしている間《あいだ》に手垢《てあか》がついていて、簡単《かんたん》にわかるようになってしまったんだな。

アトリエには自分以外《じぶんいがい》の者《もの》をほとんど入《い》れなかったようだから、油断《ゆだん》してそのままにしていたんだろうな」

「大事《だいじ》なものって？」

僕《ぼく》がたずねると、スカルは扉《とびら》の奥《おく》から見《み》えてきたものを指差《ゆびさ》した。

「これだよ」

てっきり扉《とびら》の奥《おく》には何《なに》かを隠《かく》す空間《くうかん》があるものだと思《おも》っていた。でもそこにあったのは、もうひとつの床《ゆか》だった。こちらは木《き》ではなく、何《なに》かの金属《きんぞく》でできているようだ。奇妙《きみょう》なのは、その床《ゆか》には複雑《ふくざつ》な模様《もよう》が彫《ほ》り込《こ》まれていることだった。

「なんだろ、これ？」

悠太《ゆうた》がのぞき込《こ》む。晋作《しんさく》さんも陸《りく》も滝川《たきがわ》も、だまって見《み》つめているようだった。

「この模様《もよう》……」

僕《ぼく》はつぶやいた。どこかで見《み》たような気《き》がする。どこかで……。

「……あ」

僕《ぼく》は床《ゆか》に置《お》いた女神像《めがみぞう》のひとつを持《も》ち上《あ》げ、上下《じょうげ》を引《ひ》っくり返《かえ》した。

「もしかして、これだ」

像《ぞう》の底面《ていめん》に彫《ほ》られていた奇妙《きみょう》な模様《もよう》。それに似《に》ている。

「ご名答《めいとう》」

スカルが楽《たの》しそうに言《い》った。

「では、それをどうすればいいと思《おも》う？」

これはスカルからの挑戦《ちょうせん》だ、と僕《ぼく》は思《おも》った。よし、受《う》けて立《た》ってやる。

僕《ぼく》は女神像《めがみぞう》の底面《ていめん》と床《ゆか》の模様《もよう》を見比《みくら》べて考《かんが》えた。何《なん》だろう？　よく似《に》てるんだけど、ちょっと違《ちが》う気《き》もする。これって……。

――凸《とつ》と凹《おう》だな。

コースケが言《い》った。それでわかった。

「そうか！」

僕《ぼく》は床《ゆか》の模様《もよう》の上《うえ》に女神像《めがみぞう》を置《お》いた。

「……これじゃない。こっちか……違《ちが》うな……でも……あ！」

カチッとハマる感《かん》じがして、女神像《めがみぞう》の底面《ていめん》と床《ゆか》がぴったりと組《く》み合《あ》わさった。

「いいぞいいぞ」

スカルはますます楽《たの》しそうだった。僕《ぼく》は次《つぎ》の女神像《めがみぞう》も床《ゆか》の模様《もよう》に合《あ》わせてみた。こちらもぴったり。

床《ゆか》の模様《もよう》は、でももう一か所《しょ》ある。

「三体《たい》の女神像《めがみぞう》は、このために作《つく》られたんだな」

陸《りく》が言《い》った。

「そのとおり。これは鍵《かぎ》なんだよ」

「鍵《かぎ》って？」

滝川《たきがわ》がスカルの言葉《ことば》に反応《はんのう》する。

「必要《ひつよう》なのは床《ゆか》の溝《みぞ》と一致《いっち》する溝《みぞ》と、重《おも》さだ。三体《たい》の女神像《めがみぞう》をここに載《の》せたとき、鍵《かぎ》が開《ひら》くんだよ」

「でも、女神像《めがみぞう》はふたつしかないよ」

悠太《ゆうた》が言《い》うと、スカルは微笑《ほほえ》んだ。

「たしかにね。しかし鍵《かぎ》は、三つともある」

彼《かれ》はそう言《い》って、樹脂《じゅし》の固《かた》まりを手《て》に取《と》った。

「凱斗君《かいとくん》とその愛犬《あいけん》に邪魔《じゃま》されて、水坂家《みずさかけ》にあった女神像《めがみぞう》を盗《ぬす》み出《だ》すことには失敗《しっぱい》した。しかしね、一旦《いったん》あの像《ぞう》を手《て》に入《い》れたとき、すぐに重《おも》さと底面《ていめん》の模様《もよう》を調《しら》べたんだ。模様《もよう》はコピーしたから、同《おな》じものを作《つく》るのは簡単《かんたん》だった」

固《かた》まりの底面《ていめん》には、女神像《めがみぞう》と同《おな》じ模様《もよう》が刻《きざ》まれていた。スカルはそれを床《ゆか》の模様《もよう》の上《うえ》に置《お》く。

しっかりと密着《みっちゃく》したとたん、カチリ、と何《なに》かが動《うご》く音《おと》がした。そして床《ゆか》がゆっくり沈《しず》みはじめた。

「おお……」

晋作《しんさく》さんが驚《おどろ》きの声《こえ》をあげた。一メートル四方《しほう》の床《ゆか》が消《き》え、ぽっかりと空間《くうかん》が現《あらわ》れたんだ。

その中《なか》にスカルが手《て》を伸《の》ばし、すぐに何《なに》かをつかんで引《ひ》き上《あ》げた。白《しろ》い麻布《あさぬの》に包《つつ》まれたものだった。

「ご紹介《しょうかい》しよう。これが染井作三《そめいさくぞう》が所蔵《しょぞう》していたコレクションの中《なか》でも一番価値《いちばんかち》のあるものだ」

スカルが布《ぬの》を解《と》くと、中《なか》から出《で》てきたのは人間《にんげん》の像《ぞう》だった。四角《しかく》い台《だい》の上《うえ》に首《くび》から上《うえ》だけがある。

「長《なが》い顔《かお》だなあ」

悠太《ゆうた》が言《い》った。たしかに上下《じょうげ》に引《ひ》き伸《の》ばしたみたいに長《なが》い顔《かお》だった。

「モディリアーニだな」

晋作《しんさく》さんが言《い》った。

「染井作三《そめいさくぞう》が大枚《たいまい》をはたいて買《か》い込《こ》んだという噂《うわさ》を聞《き》いたことがある。本当《ほんとう》かどうか、一度《いちど》も他人《たにん》に見《み》せなかったのでわからなかったが、本当《ほんとう》にあったんだな」

「そう。モディリアーニの彫刻作品《ちょうこくさくひん》の中《なか》でも傑作《けっさく》と呼《よ》ばれているものだ。現在《げんざい》ならその価《か》値《ち》は十億《おく》とも言《い》われている」

「じゅ……すげえ」

悠太《ゆうた》が素直《すなお》に驚《おどろ》いている。僕《ぼく》も声《こえ》が出《で》なくなった。十億《おく》って……。

「さて、これで女神像《めがみぞう》に用《よう》はない。謹《つつし》んで返却《へんきゃく》するよ。では」

スカルは像《ぞう》を抱《かか》えてアトリエを出《で》ていこうとする。

「待《ま》て！　それはおまえのものじゃないぞ！」

僕《ぼく》は叫《さけ》んだ。スカルは振《ふ》り返《かえ》り、にやりと笑《わら》う。

「いや、もう私《わたし》のものだ」

そう言《い》ってドアを開《あ》ける。

「待《ま》ってってば！」

僕《ぼく》はスカルを追《お》いかけようとする。でもそれより早《はや》くコースケが飛《と》びかかろうとした。

次《つぎ》の瞬間《しゅんかん》、悲鳴《ひめい》が聞《き》こえた。

コースケが床《ゆか》に倒《たお》れている。

「コースケ！」

僕《ぼく》はコースケに駆《か》け寄《よ》った。

「やれやれ、手荒《てあら》な真似《まね》をしたくはないんだがな」

左手《ひだりて》で像《ぞう》を抱《かか》えたスカルが言《い》う。その右手《みぎて》には懐中電灯《かいちゅうでんとう》みたいなものを持《も》っている。その先《さき》で青白《あおじろ》い電気《でんき》みたいなものが光《ひか》った。

スタンガン？　電気《でんき》ショックで敵《てき》を弱《よわ》らせるやつ？　そんなのでコースケを……！

「てめえっ！」

飛《と》びかかろうとした僕《ぼく》の鼻先《はなさき》に、スタンガンの火花《ひばな》が飛《と》んだ。思《おも》わずたじろぐ。

「無茶《むちゃ》はしないでくれ。死《し》なないけど、痛《いた》いよ」

くそっ。僕《ぼく》は身動《みうご》きができなかった。

「他《ほか》の皆《みな》さんも動《うご》かないで。この世界的《せかいてき》な芸術作品《げいじゅつさくひん》を薄汚《うすぎたな》いアトリエの床下《ゆかした》に埋《う》もれさせておくのではなく、正当《せいとう》に評価《ひょうか》できる私《わたし》のような者《もの》が手《て》に入《い》れるのは、きわめて真《ま》っ当《とう》なことだと思《おも》うよ。だから邪魔《じゃま》しないでくれないか。そうでないと——」

スカルが伸《の》ばしている右手《みぎて》に何《なに》かが飛《と》びついた。それは床《ゆか》に転《ころ》がるように着地《ちゃくち》した。コースケだ。スタンガンをくわえている。

——今《いま》だ！

コースケの声《こえ》に押《お》されるように、僕《ぼく》はスカルに飛《と》びついた。スカルは抱《かか》えている像《ぞう》を取《と》られまいと体《からだ》をかたむける。僕《ぼく》の手《て》は逸《そ》れて、スカルの顔《かお》にかかった。

「あ！」

何《なに》かがぺろりとめくれる感覚《かんかく》があった。勢《いきお》いあまって僕《ぼく》は床《ゆか》に転《ころ》がる。すぐに立《た》ち上《あ》がったけど、自分《じぶん》が何《なに》かをつかんでいる事《こと》に気《き》づいた。

人間《にんげん》の顔《かお》だった。

「ひゃあっ！」

情《なさ》けない悲鳴《ひめい》をあげて僕《ぼく》はそれを投《な》げ捨《す》てた。

「見《み》て！」

滝川《たきがわ》が叫《さけ》ぶ。化《ば》けの皮《かわ》をはがれたスカルが立《た》っている。その顔《かお》は……。

「……父《とう》さん！」

やっぱり父《とう》さんの顔《かお》だった。

「え？　怪盗《かいとう》スカルって凱斗《かいと》のお父《とう》さんなの？」

悠太《ゆうた》がびっくりしたように言《い》う。

「でも、凱斗《かいと》のお父《とう》さんって、もう亡《な》くなったはずじゃ……」

陸《りく》も言《い》った。

「そうだよ。父《とう》さんはもう死《し》んだ。こいつは父《とう》さんじゃない」

僕《ぼく》は言《い》った。

「でも、どうしておまえは父《とう》さんそっくりなんだ？　なぜなんだ？」

父《とう》さんそっくりの怪盗《かいとう》スカルは、微笑《ほほえ》んでいる。

「これは、この顔《かお》は伏城市《ふしぎし》にお邪魔《じゃま》するときにだけ使《つか》う特別《とくべつ》な顔《かお》だよ」

彼《かれ》は言《い》った。

「名探偵桜山耕助《めいたんていさくらやまこうすけ》に敬意《けいい》を表《ひょう》して、使《つか》わせてもらっていたんだ。これも私《わたし》の道楽《どうらく》のひとつだと思《おも》ってくれていい」

――どういう、ことだ？

コースケが苦《くる》しそうに問《と》いかけた。見《み》るとコースケはふらふらしている。もちろんその声《こえ》は僕《ぼく》にしか聞《き》こえない。だから僕《ぼく》は言《い》った。

「どういうことだ?」

するとスカルは、父《とう》さんそっくりの顔《かお》に手《て》をかけた。

「今日《きょう》は特別《とくべつ》だ。君《きみ》たちに私《わたし》の本当《ほんとう》の顔《かお》を見《み》せてあげよう」

父《とう》さんの顔《かお》が、するりと外《はず》れる。その中《なか》から出《で》てきた顔《かお》は……!

「きゃあっっっ!」

滝川《たきがわ》が悲鳴《ひめい》をあげた。僕《ぼく》も叫《さけ》びそうになった。

むき出《だ》しの目玉《めだま》。むき出《だ》しの歯《は》。それ以外《いがい》の部分《ぶぶん》は全部《ぜんぶ》、銀色《ぎんいろ》に輝《かがや》く機械《きかい》だった。

「私《わたし》は怪盗《かいとう》スカル。その実体《じったい》は精巧《せいこう》なＡＩロボットなのだよ」

「ロボット……」

「そう。この体《からだ》は機械《きかい》でできている。私《わたし》はこうした体《からだ》をいくつも持《も》っているんだよ。大《おお》きさも形《かたち》も自由自在《じゆうじざい》だ。男性《だんせい》にも女性《じょせい》にも子供《こども》にも老人《ろうじん》にもなれる。最近《さいきん》は技術《ぎじゅつ》も進歩《しんぽ》してね。ひとりだけでなく何人《なんにん》も同時《どうじ》に動《うご》かせる。水坂家《みずさかけ》で凱斗君《かいとくん》に会《あ》ったときのようにね」

「あれは……あのときは部下《ぶか》を含《ふく》めてみんな、同《おな》じ怪盗《かいとう》スカルだったのか」

「そういうことだ。便利《べんり》なものだろう？」

そのとき、外《そと》から車《くるま》のエンジン音《おん》が聞《き》こえてきた。

「ほら、お迎《むか》えが来《き》た。あれも私《わたし》が運転《うんてん》しているのだけどね。では、さらばだ」

そう言《い》うとスカルは素早《すばや》くアトリエを飛《と》び出《だ》していった。

「あ、待《ま》て！」

僕《ぼく》はスカルを追《お》いかけて外《そと》に出《で》た。

ヘッドライトを光《ひか》らせた車《くるま》に、スカルが飛《と》び乗《の》るところだった。

「待《ま》ってってば！」

僕《ぼく》は走《はし》った。でも、すんでのところで車《くるま》が発進《はっしん》した。

「くそっ！」

赤《あか》いテールランプが遠《とお》ざかっていく。

「晋作《しんさく》さん！　車《くるま》を出《だ》して。スカルを追《お》いかけるんだ！」

僕《ぼく》はアトリエに呼《よ》びかけた。出《で》てきたのは滝川《たきがわ》だった。

「その前《まえ》に、病院《びょういん》に行《い》かないと」

彼女《かのじょ》はコースケを抱《だ》きかかえていた。

「今《いま》、急《きゅう》にうずくまって動《うご》かなくなったの」

「コースケ？」

僕《ぼく》が呼《よ》びかけても、コースケは返事《へんじ》をしなかった。

「コースケ!?　コースケ！」

7　事件《じけん》の終《お》わり

獣医院《じゅういいん》のベッドで、コースケは眠《ねむ》っていた。

「大丈夫《だいじょうぶ》。骨折《こっせつ》もしていないし、大《おお》きな怪我《けが》もない。ショックを受《う》けて気《き》を失《うしな》っていただけだよ」

クララのお産《さん》のときからお世話《せわ》になっている獣医《じゅうい》さんが、優《やさ》しい声《こえ》で言《い》った。

「よかった……」

僕《ぼく》は心《こころ》の底《そこ》から安心《あんしん》して、泣《な》いてしまった。

一緒《いっしょ》についてきてくれた滝川《たきがわ》や陸《りく》や悠太《ゆうた》、それから電話《でんわ》をして駆《か》けつけてきた母《かあ》さんも、ほっとしているようだった。

後《あと》からやってきた新藤刑事《しんどうけいじ》に、あったことを全部話《ぜんぶはな》した。怪盗《かいとう》スカルの予告状《よこくじょう》があったならどうして警察《けいさつ》にしらせなかったのかと晋作《しんさく》さんは怒《おこ》られていた。晋作《しんさく》さんは不満《ふまん》そうだったけど、文句《もんく》は言《い》わなかった。晋作《しんさく》さん自身《じしん》、そうしたほうがよかったと思《おも》っているみたいだった。

「しかしねえ、怪盗《かいとう》スカルの正体《しょうたい》がロボットっていうのは、にわかに信《しん》じがたいなあ」

新藤《しんどう》さんは疑《うたが》わしそうだった。僕《ぼく》だって目《め》の前《まえ》で見《み》ていなかったら信《しん》じられないかもしれない。

「でも、本当《ほんとう》のことです。みんな、見《み》たんだから」

僕《ぼく》の言葉《ことば》に晋作《しんさく》さんも陸《りく》も滝川《たきがわ》も悠太《ゆうた》もうなずく。

「AIとロボットの開発競争《かいはつきょうそう》は日進月歩《にっしんげっぽ》と聞《き》いています」

陸《りく》が言《い》った。

「AIはいつ人間《にんげん》を追《お》い越《こ》すシンギュラリティに到達《とうたつ》するかわからないし、人間以上《にんげんいじょう》にしなやかな動《うご》きができるロボットも、すでに作《つく》られています。あれだけ精巧《せいこう》なロボットが生《う》み出《だ》されていたとしても、けっしておかしくないと思《おも》います」

「そういうもんかねえ。俺《おれ》には想像《そうぞう》もつかない世界《せかい》だが」

新藤《しんどう》さんは悩《なや》ましそうに首《くび》を振《ふ》った。

「とにかくすぐに捜査《そうさ》を始《はじ》めましたが、怪盗《かいとう》スカルも盗《ぬす》まれた彫刻《ちょうこく》も、とんと行方《ゆくえ》がわかりません。しかしまた伏城市《ふしぎし》にやってくるようなことがあれば、今度《こんど》こそ俺《おれ》が捕《つか》まえてやりますよ」

「でもスカル、当分《とうぶん》は来《こ》ないかもしれない」

僕《ぼく》は言《い》った。

「どうしてそう思《おも》うの？」

母《かあ》さんがきいた。

「あのモディリアーニの彫刻《ちょうこく》を手《て》に入《い》れることが、スカルの本当《ほんとう》の目的《もくてき》だったんだよ。だからその鍵《かぎ》になる女神像《めがみぞう》を次々《つぎつぎ》と盗《ぬす》んでいったんだ。その目的《もくてき》が果《は》たされたから、伏城市《ふしぎし》にはもう来《こ》ないんじゃないかな。他《ほか》に手《て》に入《い》れたい美術品《びじゅつひん》があれば別《べつ》だけど」

「伏城市《ふしぎし》にはまだ有名《ゆうめい》な美術品《びじゅつひん》はたくさんあるよ」

新藤《しんどう》さんは言《い》った。

「たとえば染井作三《そめいさくぞう》の作品《さくひん》とかね。駅前《えきまえ》の水坂安章《みずさかやすあきら》の像《ぞう》とか盗《ぬす》みに来《く》るんじゃないかな。そのときは俺《おれ》が相手《あいて》になってやるさ」

僕《ぼく》は思《おも》わずみんなと目《め》を合《あ》わせた。陸《りく》も滝川《たきがわ》も悠太《ゆうた》も晋作《しんさく》さんも、そして母《かあ》さんも、スカルが染井作三《そめいさくぞう》の作品《さくひん》なんて盗《ぬす》まないだろうな、という目《め》をしていた。みんなでこっそりと笑《わら》った。

「でも、凱斗《かいと》が無事《ぶじ》でよかったわ」

母《かあ》さんが、しみじみと言《い》った。

「やっぱり凱斗《かいと》を探偵《たんてい》の仕事《しごと》に引《ひ》っ張《ば》り込《こ》むのはよくないのかしら。危険《きけん》だものね」

「そんなことないよ」

僕《ぼく》は言《い》った。

「いや、たしかに少《すこ》しは危険《きけん》かもしれないけどさ、でも僕《ぼく》は探偵《たんてい》をしたいんだ。みんなのために働《はたら》きたいんだ」

「あらまあ、中学生《ちゅうがくせい》なのに働《はたら》きたいの？」

「中学生《ちゅうがくせい》だって、ひとの役《やく》に立《た》ちたいよ」

僕《ぼく》は真剣《しんけん》に話《はな》した。

「だから、これからも探偵《たんてい》、やらせてよ」

母《かあ》さんは僕《ぼく》の顔《かお》をじっと見《み》て、それから少《すこ》し笑《わら》った。

「わかった。じゃあこれからも桜山探偵事務所《さくらやまたんていじむしょ》の一員《いちいん》としてよろしく」

母《かあ》さんが差《さ》し出《だ》した手《て》を、僕《ぼく》は握《にぎ》った。

「よろしく！」

――うう……。

僕《ぼく》の耳《みみ》に、声《こえ》が届《とど》いた。

「コースケ？」

慌《あわ》てて病室《びょうしつ》に走《はし》る。

ベッドの上《うえ》のコースケが目《め》を覚《さ》ましていた。

「どうしたの？　痛《いた》い？　苦《くる》しい？」

――苦《くる》しい……。

コースケが言《い》った。

――腹《はら》が減《へ》りすぎて、苦《くる》しい。

そう言《い》った後《あと》、ペロリと舌《した》を見《み》せた。

――凱斗《かいと》、プレミアムワンワンささみ&《アンド》野菜《やさい》入《い》りを大盛《おおも》りで頼《たの》む。

本格謎解《ほんかくなぞと》き冒険物語《ぼうけんものがたり》が始《はじ》まる！

ナゾノベル

名探偵犬《めいたんていけん》
コースケ

1 消《き》えた女神像《めがみぞう》

著 太田忠司

絵 NOEYEBROW

不思議《ふしぎ》な伝説《でんせつ》の残《のこ》る伏城市《ふしぎし》に、五年《ねん》ぶりに現《あらわ》れた正体不明《しょうたいふめい》の怪盗《かいとう》スカル。中学《ちゅうがく》一年生《ねんせい》の桜山凱斗《さくらやまかいと》と相棒《あいぼう》のコースケが事件《じけん》の謎《なぞ》を追《お》う。凱斗《かいと》がコースケの秘密《ひみつ》を知《し》る「名探偵犬《めいたんていけん》コースケ」第《だい》一巻《かん》、好評発売中《こうひょうはつばいちゅう》！

著　太田忠司（おおた・ただし）
小説家。愛知県出身。
一九九〇年に長編ミステリ『僕の殺人』で作家デビュー。
代表作に、「狩野俊介シリーズ」（創元推理文庫）
「ミステリなふたりシリーズ」（幻冬舎文庫、創元推理文庫）
「名古屋駅西　喫茶ユトリロシリーズ」（ハルキ文庫）
などがある。

絵　ＮＯＥＹＥＢＲＯＷ（ノーアイブロウ）
イラストレーター。
イラスト、書籍の挿画など多方面で活躍中。
画集『ＮｏｓｔａｌｇｉｃＢｏｙ』（パイ インターナショナル）
がある。

装　　丁　川谷デザイン
校　　閲　深谷麻衣、山田欽一
（朝日新聞総合サービス 出版校閲部）
編集デスク　竹内良介
編　　集　大宮耕一

ナゾノベル

名《めい》探《たん》偵《てい》犬《けん》コースケ

怪《かい》盗《とう》スカルの正《しょう》体《たい》

2

2024年12月30日　第1刷発行

著者　太田忠司
絵　NOEYEBROW
発行者　片桐圭子
発行所　朝日新聞出版
〒104-8011　東京都中央区築地5-3-2
電話　03-5541-8833（編集）
03-5540-7793（販売）
印刷所　大日本印刷株式会社

ISBN 978-4-02-332403-9

定価はカバーに表示してあります。

落丁・乱丁の場合は弊社業務部（03-5540-7800）へご連絡ください。

送料弊社負担にてお取り替えいたします。

©2024 Tadashi Ohta, NOEYEBROW
Published in Japan by Asahi Shimbun Publications Inc.

ナゾノベル

悪魔《あくま》の思考《しこう》ゲーム

著《ちょ》 大塩哲史《おおしおさとし》 絵《え》 朝日川日和《あさひかわひより》

天才的《てんさいてき》な頭脳《ずのう》
思問考《しもんこう》

×

運動神経《うんどうしんけい》バツグン
在間《ありま》ミノリ

思考実験《しこうじっけん》がテーマの
頭脳《ずのう》フル回転《かいてん》ストーリー

1巻《かん》 入《い》れ替《か》わったお母《かあ》さん

母親《ははおや》が別人《べつじん》に!?
本物《ほんもの》はどっち?

登場《とうじょう》する思考実験《しこうじっけん》
●テセウスの船《ふね》
●囚人《しゅうじん》のジレンマほか

2巻《かん》 恐怖《きょうふ》のハッピーメイカー

視聴者《しちょうしゃ》に命《いのち》を選別《せんべつ》
させる、恐怖《きょうふ》の配信者《はいしんしゃ》!

登場《とうじょう》する思考実験《しこうじっけん》
●トロッコ問題《もんだい》
●アキレスと亀《かめ》ほか

3巻《かん》 繰《く》り返《かえ》す3日間《かかん》

思問《しもん》が生《い》き残《のこ》る
未来《みらい》にたどりつけるか?

登場《とうじょう》する思考実験《しこうじっけん》
●ラプラスの悪魔《あくま》
●シュレディンガーの猫《ねこ》ほか

ナゾノベル

数は無限の名探偵《めいたんてい》

イラスト：箸井地図、フルカワマモる、森ゆきなつ、あすぱら

「事件 ÷ 出汁《だし》＝名探偵《めいたんてい》登場」
はやみねかおる

「魔法《まほう》の眼」
加藤元浩

「ソフィーにおまかせ」
青柳碧人

「引きこもり姉ちゃんのアルゴリズム推理」
井上真偽

「盗《ぬす》まれたゼロ」
向井湘吾

定価：1100 円
（本体 1000 円＋税 10%）

――難事件の真相は、「数」がすべて知っている！

「算数・数学で謎《なぞ》を解く」をテーマに、
５人のベストセラー作家が描《えが》く珠玉《しゅぎょく》のミステリー。
あなたはきっと、数のすごさにおどろく！